KB142371

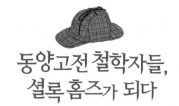

동양고전 철학자들,
셜록 홈즈가 되다

동양고전 철학자들, 셜록 홈즈가 되다
(청소년 지식소설 십대들의 힐링캠프, 제자백가)

[십대들의 힐링캠프®] 시리즈 NO.06

지은이 | 박기복
발행인 | 김경아

2016년 9월 28일 1판 1쇄 발행
2018년 5월 18일 1판 2쇄 발행
2020년 8월 15일 1판 3쇄 발행 (총 5,000부 발행)

이 책을 만든 사람들
책임 기획 | 김경아
북 디자인 | 김효정
교정 교열 | 좋은글
제목 | 구산책이름연구소
경영 지원 | 홍종남
표지 일러스트 | 발라

이 책을 함께 만든 사람들
종이 | 제이피씨 정동수 · 정충엽
제작 및 인쇄 | 천일문화사 유재상

펴낸곳 | 행복한나무
출판등록 | 2007년 3월 7일. 제 2007-5호
주소 | 경기도 남양주시 도농로 34, 부영e그린타운 301동 301호(다산동)
전화 | 02) 322-3856 팩스 | 02) 322-3857
홈페이지 | www.ihappytree.com
도서 문의(출판사 e-mail) | e21chope@daum.net
내용 문의(지은이 e-mail) | yesreading@gmail.com
※ 이 책을 읽다가 궁금한 점이 있을 때는 지은이 e-mail을 이용해 주세요.

ⓒ 박기복, 2016
ISBN 978-89-93460-79-7
"행복한나무" 도서번호 : 090

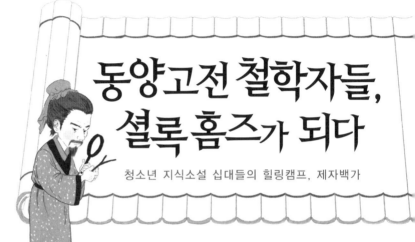

동양고전 철학자들, 셜록 홈즈가 되다

청소년 지식소설 십대들의 힐링캠프, 제자백가

| 박기복 지음 |

행복한나무

알파고 시대에 우리는
왜 제자백가를 이야기하는가?

어쩌다 알파고 이야기가 나왔다. 앞으로 무슨 일을 하며 살아야 하는지 잘 모르겠다는 말을 나누다 나온 이야기였다. 10대들은 알파고 이야기를 재미난 웹툰이나 게임처럼 여기는 듯했다. 조금 다르게 생각하라는 뜻에서 나는 알파고가 얼마나 우리 삶을 바꾸어 놓을 수 있는지를 짤막하게 들려주었다.

"옛날에는 물건을 손으로 만들었는데 산업혁명이 일어나 기계가 들어오자 사람들은 일자리를 잃었어. 양을 길러 면화를 만들려고 농촌에서 농민들을 쫓아냈고, 기계가 사람들을 공장에서 쫓아냈지. 『올리버 트위스트』를 보면 그렇게 쫓겨난 사람들이 얼마나 끔찍하게 사는지 잘 나와. 요즘 로봇이 공장에 많이 들어왔어. 자동차 공장을 가면 사람은 별로 보이지 않고. 온통 로봇뿐이야. 알파고가 더 뛰어난 재주를 지니게 되면 공장에는 사람이 별로 없어도 될 거야. 공장에서 일하는 사람만 일자리가 없어지지는 않아. 이미 증권회사나 투자회사는 사람보다 컴퓨터 프로그램으로 투자를 해. 병을 진단하는 인공지능도 만들고 있으니 앞으로는 의사들 일자리도 많이 사라질 거야."

10대들은 내 이야기를 숨죽여 들었다.

"알파고뿐 아니야. 전기자동차를 예로 들어 보자. 전기자동차는 조금 심하게 말하면 배터리를 단 선풍기와 크게 다르지 않아. 배터리와 모터, 운전대와 전동축만 있으면 돼. 자동차 안에 들어가는 수많은 부품이 사라져. 부품이 사라지면 그 부품을 만드는 사람들, 부품을 유통하는 사람들, 부품이 고장 났을 때 수리하는 사람들 일자리도 같이 사라지겠지. 전기자동차가 되면 주유소가 사라지니 그만큼 일자리가 사라질 거야."

내 이야기가 이어질수록 10대들 얼굴은 어두워졌다.

"더 놀라운 기술은 3D프린터야. 컴퓨터가 널리 퍼지면서 일어난 일을 생각해 봐? 그 전에 전문가들만 하던 일, 가게에서만 사야 했던 물건들을 이제 더는 사지 않아도 된단다. 3D프린터가 널리 퍼지면 내가 만들고 싶은 물건은 내가 만들 수 있어. 그러면 수없이 많은 기업들, 일자리가 엄청 없어지겠지? 어쩌면 건물도 3D프린터로 만드는 날이 올지도 몰라."

말하는 나도 내 말에 담긴 뜻을 다 알지 못했다. 나조차 앞날이

얼마나 바뀔지 알지 못하기 때문이다. 그러니 아직 사회에 나가지도 않은 10대들에게 이제까지 살던 삶이 아니라, 새로운 삶이 기다린다는 말이 주는 막막함이 어떤지 넉넉히 헤아릴 만하다.

"앞으로 학교라는 곳이 있어야 할까? 이미 인터넷으로 세계에서 가장 뛰어난 강의를 들을 수 있어. 학점 관리도 되고, 인터넷으로 시험도 봐. 이미 고등학생들 가운데 상당수는 인터넷 강의를 들으며 공부를 해. 앞으로 정보통신기술이 놀랍게 발전하면 학교가 있을 까닭이 있을까?"

내 말을 가만히 듣던 한 여학생이 갑자기 울먹였다.

"그럼 우린 뭐 먹고 살아요?"

눈에 눈물이 가득했다.

"그러게. 무슨 일을 하며 먹고 살아야 할까? 나도 묻고 싶어. 아무리 책을 봐도 그냥 뻔한 말 뿐이고 어떻게 살아야 하는지 길을 보여주는 글은 없었어."

내가 이렇게 말하니 한숨 소리가 여기저기서 들렸다. 이쯤에서 멈추고 '우리 힘내자' 하고는 넘어가도 되는데, 나는 못되게도 더 심한 이야기를 늘어놓았다.

"알파고나 전기자동차까지 가지 않아도 당장 너희들이 살아야 할 삶도 갑갑해. 공무원 시험은 경쟁률이 수백 대 일이 넘어. 이름 높은 대학을 나와도 절반은 일자리를 얻지 못하고, 그나마 얻는 일자리도 절반이 비정규직이야. 가게를 차리면 80~90%가 망하

6

고, 망하고 나면 우리나라는 사회보장제도가 엉망이어서 곧바로 빈곤층으로 떨어져. 우리나라 노인 가운데 절반 이상이 빈곤층이고, 젊은 세대 사망 이유 1위는 늘 자살이야."

울음을 터트렸던 여학생은 더 애달프게 울었고, 방안엔 한숨소리가 꽉 차서 숨을 쉬기도 답답했다. 나는 어두운 이야기는 그쯤에서 멈추었다.

"그래서 다르게 살아야 해. 이제까지 살아왔던 대로, 윗세대가 살았던 대로 살면 안 돼."

그러면서 나는 한비자가 말한 수주대토(守株待兎) 이야기를 들려주었다.

"송나라에 어떤 농부가 밭을 갈다가 힘이 들어서 나무 아래서 쉬고 있었어. 그때 갑자기 토끼 한 마리가 뛰어오다가 밭 가운데 있는 나무에 부딪쳐 목이 부러져 죽었지. 가만히 누워 있는데 복이 저절로 굴러들어왔으니 얼마나 기쁘겠어. 나무 밑에서 쉬다가 토끼를 공짜로 얻은 농부는 가만히 생각했어. '내가 하루 종일 일해도 얼마 못 버는데, 이 나무 밑에서 가만히 기다리기만 해도 토끼가 와서 죽었어. 그럼 차라리 토끼를 기다리면 훨씬 이익이 되지 않을까? 푹 쉬고, 토끼는 토끼대로 얻고' 이렇게 생각하고는 나무 밑에 앉아서 토끼를 기다렸지. 토끼가 와서 죽기만 바라면서. 그렇게 나무 밑에서 토끼를 기다리다 농부는 굶어 죽고 말았다고 해. 이를 나무 밑에 앉아 토끼를 기다린다고 해서 수주대토

(守株待兎)라고 해. 수주대토에 담긴 뜻이 뭘까?"

내가 문자 옆에 있던 한 학생이 답했다.

"어리석은 사람을 비웃고 있어요."

"조금 더 자세히 말해 볼래."

"토끼가 죽은 일은 어쩌다 일어났어요. 다시 일어나지 않죠. 그러니까 운 좋게 일이 잘 풀린 때를 자꾸 이야기 해 봐야 쓸모가 없다는 뜻이에요."

"맞아! 내가 20대일 땐 대학만 나오면 어지간한 일자리를 얻었고, 살만 했어. 공장에서 일하기가 쉽지는 않았지만 오늘날처럼 어렵지는 않았어. 실업률은 낮았고, 부지런히 일하면 먹고 살만 했지. 그렇지만 이제는 아니야. 세상이 바뀌었어. 토끼를 기다려 봐야 헛일이지. 새롭게 바뀐 시대에 맞게 살아야 해."

눈물을 흘리던 여학생이 휴지로 눈물을 닦으며 말했다.

"알겠는데, 왜 하필 우리 때죠? 우리는 정말 재수가 없어요. 옛날처럼 살아서는 안 되는 건 알겠는데, 앞으로 어떻게 살아야 하는지 알려주지는 않고, 도대체 어쩌라고요."

그러게, 어떻게 해야 할까? 나도 갑갑하다.

"맞아. 길이 보이지 않지. 이렇게 길이 보이지 않을수록 옛일을 살펴야 해. 산업혁명이 닥치자 사람들은 기계가 내 일자리를 빼앗는다고 생각을 해서 기계를 부쉈어. 하지만 그래봤자 쓸모가 없었어. 기계는 곧바로 또 만드니까. 그러다 생각을 바꿔. 기계가 들어

오면 사람들이 더 짧은 시간을 일해도 먹고 살 수 있겠다는 생각을 하지. 그래서 노동시간을 줄이는 싸움을 벌이지. 노동시간이 8시간으로 줄자 사람들은 적게 일하면서도 넉넉하게 생활할 수 있게 됐어."

내가 이렇게 말하자 10대들 얼굴이 반짝반짝 빛났다.

"알파고 시대도 마찬가지야. 알파고가 뛰어나다면 알파고를 좋은 곳에 써먹으면 돼. 3D프린터로 내게 맞는 물건을 내 마음대로 만들면 돼. 알파고와 3D프린터에게 노동을 맡기고 우리는 더 적게 일하면서, 이웃과 어울리고, 가족과 더불어 지내고, 새로움을 만들어내고, 문화를 즐기면서 살면 돼. 그런 곳에 더 많은 일자리를 만들고, 사람답게 사는데 힘을 더 쏟으면 모든 문제가 풀려."

"그게…될까요?"

"옛날에 산업혁명 뒤에 노동자들은 하루 15시간 이상 일했어. 노동시간을 15시간에서 8시간으로 줄일 때 쉬웠을까? 엄청 어려웠지만 줄이고 나니 삶이 바뀌었지. 알파고나 3D프린터도 마찬가지야. 어떻게 써먹느냐에 따라 달라져. 결국 문제는 우리가 어떤 사회, 어떤 삶을 꿈 꾸느냐야. 새로운 시대가 열렸는데 옛날식대로 살면 안 되겠지? 길이 보이지 않는 막막함은 우리를 힘들게 하지만, 길이 없기 때문에 남들이 가지 않은 길을 찾는 재미도 있지."

10대들은 어떻게 살아야 하는지 더 많은 이야기를 듣고 싶은 듯

했지만 나는 더는 말하지 않았다. 내가 말해버리면 그것도 내 길이지, 스스로가 찾는 길은 아니기 때문이다.

2300여 년 전, 중국은 매우 어지러웠다. 오랫동안 지켜오던 사회가 무너지고 곳곳이 전쟁터로 바뀌었다. 남을 밟지 않으면 내가 죽는 때였다. 조금이라도 힘이 센 이는 더 많이 가지려고 욕심을 부렸고, 백성들은 괴로움에 시달렸다. 세상은 어둠이었고 어떻게 살아야 할지 막막했다. 그때 나타난 사람이 공자, 노자, 맹자, 장자, 순자, 한비자, 묵자와 같은 제자백가다. 이들은 어둠에 빠진 채 길을 잃고 헤매는 사람들에게 새로운 길을 보여주었다. 그들이 어둠에서 든 횃불은 사람들에게 기쁨을 주었고, 용기를 주었고, 마침내 어지러운 세상을 끝내는 밑거름이 되었다.

오늘날, 우리는 어둠에 잠긴 시대를 산다. 이제까지 살아왔던 대로 살 수 없는 때가 왔다. 새로운 때가 오기는 하는데 아직 어떤 모습일지 아무도 모른다. 빠르게 바뀌는 때일수록 새로운 길을 어떤 마음으로, 어떻게 가야 할지 알려주는 횃불이 있어야 한다. 2300여 년 전 제자백가가 보여주었던 길은 옛날뿐 아니라 오늘날에도 여전히 큰 가치가 있다. 어둠이 깊을수록 옛날 거룩한 이들이 남겼던 가르침을 배워야 한다. 온고지신(溫故知新)이라 했다. 옛날 가르침을 밑돌 삼으면 새로운 길을 가는 데 큰 힘이 된다.

새로운 삶, 새로운 길을 찾는데 제자백가가 큰 힘이 되겠지만,

제자백가(맹자, 장자, 순자, 묵자, 한비자 등)는 10대 청소년들이 읽기에 문장이 어렵고 시대 배경도 지나치게 멀다. 그래서 제자백가 사상을 담되 재미난 이야기 형태로 재구성했다.

소설 속에서 맹자, 장자 등 제자백가는 어느 권력가 집안에서 일어난 칼부림 사건을 수사하면서 무엇이 옳고 그른지를 두고 토론을 벌인다. 셜록 홈즈처럼 범인을 찾아나가는 과정에서 제자백가들이 벌이는 토론은 책을 읽는 이가 자연스럽게 동양고전 철학에 담긴 핵심 사상을 알게 해준다.

모쪼록 이 책이 어둠 속을 헤매며 어떻게 살아야 할지 고민하는 10대들에게 희망을 안기는 횃불이 되기를 바란다.

메마른 땅을 적시는 단비와 같은 삶을 꿈꾸며

시우(時雨)

차 림 표

01
한밤중에 일어난 칼부림

"별 볼일 없는 저에게 경대부[1]께서 왜 이런 큰일을 맡기려고 하십니까?"

경대부는 삐딱하게 앉아서 오른손으로 끊임없이 관자놀이를 눌렀다. 그럼에도 아픔이 가시지 않는지 찌푸린 이맛살을 펴지 못했다.

"자네가 우리 식구가 아니기 때문이지."

목소리에 힘겨움이 잔뜩 묻어났다. 제나라에서 왕 다음으로 센 힘을 움켜쥔 경대부 전영[2]이 집안일 때문에 저리 힘들어하니 속에서 묘한 즐거움이 꿈틀거렸다. 엄청난 힘을 쥐고도 못하는 일이 있다니 고소했다.

"제가 알기론 경대부님 아래에는 뛰어난 선비들이 많다고 들었습니다. 그들이 햇불이라면 저는 반딧불일 뿐입니다."

"자네가 반딧불임은 나도 잘 아네."

내 입으로 나를 반딧불이라고 했지만 경대부가 나를 반딧불이라고 깎아내리니 속이 쓰렸다.

"내가 자네에게 이 일을 맡기는 까닭은 두 가지네. 첫째, 자네가 바깥사람이기 때문이네. 우리 식구 가운데 뛰어난 선비들이 많지만, 이 일과 얽혀 있지 않는 선비들이 누군지 나는 알지 못하네. 잘못하면 사자에게 토끼를 맡기는 잘못을 저지를 수도 있네."

경대부는 자세를 고쳐 앉았다. 관자놀이를 누르던 손도 탁자로 내려놓았다.

"둘째, 자네가 직하학사들을 모시기 때문이네."

내 나이는 열여섯이다. 나는 제나라 서울인 임치에 자리한 직하에서 사상가들을 모시는 일을 한다. 제나라는 여러 나라로 쪼개진 춘추전국시대에 진(秦)나라와 더불어 가장 힘이 센 나라다. 그러다 보니 서울인 임치엔 그 어느 나라 서울보다 많은 사람이 살았다. 임치엔 '직문'이란 성문이 있는데, 직문 안쪽 거리 이름이 '직하'다. 왕께서는 직하 거리에 멋진 집을 여러 채 짓고 많은 사상가들을 끌어 모아서 얽매임 없이 학문을 하라고 밀어주었다. 왕께서 학문을 마음껏 하라고 마당을 열어주니 직하 거리엔 많은 사상가들이 모여들었다. 사람들은 직하에 모인 사상가들을 '직하학사'라 불렀다.

왕께서는 직하에 더 많은 사상가들을 끌어 모으려고 좋은 집을 지어주고, 돈과 땅도 많이 나눠주었다. 또한 사상가들이 무엇을 말하던 말리지 않았는데, 심지어 왕을 헐뜯는 이야기를 해도 그대로 두었다. 왜냐하면 왕께서는 사상가들이 얽매임 없이 생각을 펼쳐야 제대로 나라를 다스리고 온 누리를 하나로 뭉치게 만들 새로운 길을 찾아낼 수 있으리라 믿었기 때문이다. 직하에 모인 온갖 사상가들은 틈만 나면 모여서 머리를 맞대고, 토론을 벌였다. 그래서 그들을 '제자백가(諸子百家)'라 불렀고, 그들이 나누는 논쟁을 '백가쟁명(百家爭鳴)', 또는 '백화제방(百花齊放)'이라 일컬었다.

"내가 알기론 자네가 직하학사 가운데서 가장 이름 높은 몇몇 사상가들을 모신다고 들었는데, 맞는가?"

"네. 맞습니다."

내가 모시는 사상가는 순자, 맹자, 장자, 한비자, 묵자다[3]. 순자는 직하학사를 이끄는 우두머리로서 유가사상에 뿌리를 두면서도 거기에 머물지 않은 새로운 사상을 지어냈고, 맹자는 공자에 뿌리를 둔 유가사상을 이어받아 활짝 꽃 피웠으며, 장자는 노자에 뿌리를 둔 도가사상을 새로운 빛깔로 채웠다. 한비자는 법가사상가로 순자에게서 배웠지만 순자와 다른 결을 지닌 생각을 펼쳤으며, 묵자는 힘없는 사람들을 살피는 사상을 새롭게 세웠다.

"자네가 반딧불이고, 내 식구들 가운데 횃불이라 할 만한 이들도 있지만, 자네가 모시는 사상가들은 밤하늘에서도 가장 밝게 빛

나는 별과 같은 이들이라고 들었네. 맞는가?"

"굳이 견줘서 말하자면 그렇습니다."

순자, 맹자, 장자, 한비자, 묵자는 직하학사라 불리는 사상가들 가운데서도 가장 이름이 높다. 겉만 번지르르하니 이름만 높은 사상가도 많지만 이 다섯 분은 이름만큼 엄청난 분들이다. 직하학사 가운데 이들과 견줄 만한 사상가는 없다.

"이제, 내가 왜 자네에게 이 일을 맡기는지 알겠는가?"

"제가 그 분들을 모시고 이곳으로 와서 이 일을 풀어내라는 말씀으로 알아들었습니다."

"하나는 알아들었군."

나를 매섭게 노려보며 경대부가 말했다.

'하나는 알아들었다'는 말은 다른 하나를 알아차려야 한다는 뜻이다. 입이 바짝바짝 말랐다. 이런 때 입을 잘못 놀리면 그냥 죽는다. 경대부 손짓 하나면 나 같은 놈 목숨은 파리보다 못하게 사라진다. 재빠르게 머리를 굴렸다.

경대부는 엄청난 권력을 지녔다. 권력이 센 만큼 적이 많다. 보이는 적도 있지만 보이지 않는 적도 있다. 경대부 집안에 안 좋은 일이 일어났다는 이야기가 밖으로 빠져나가면 경대부 적들에겐 좋은 먹잇감이 된다. 나는 힘이 없으니 밖으로 이 일을 함부로 알리지도 못하지만, 뛰어난 사상가들을 모시니 그분들로 하여금 이 일을 풀어내게끔 할 수 있다. 힘은 없지만 뛰어난 사상가들을 모시는 내가 경대부에겐 안성맞춤이었다.

"아무에게도 말하지 말고, 아무도 모르게 일을 하라는 뜻으로 알아들었습니다."

내 말을 듣고 경대부는 매섭게 노려보던 눈을 풀더니, 뒤로 몸을 젖히고는 관자놀이를 다시 눌렀다.

"알아들었으면 됐네. 빨리 가서 그분들을 모시고 오게."

나는 머리를 조아리면서 뒤로 물러났다. 밖으로 나오니 등이 서늘했다. 나도 모르게 흐른 식은땀 때문이었다. 하마터면 열여섯 나이에 죽을 뻔했다고 생각하니 두 다리로 서 있기도 힘들었다. 어린 나이에 직하학사 가운데서도 가장 이름 높은 분들을 모시게 되었다고 무척 기뻐했는데, 기쁜 일이 내 목숨을 노리는 일이 될 줄은 미처 몰랐다. 새옹지마(塞翁之馬)란 말이 나도 모르게 떠올랐다.

내가 모시기는 하지만 그분들을 임치 밖에 있는 설(薛) 땅으로 모시고 오기는 쉽지 않다. 그분들은 함부로 움직이지 않는다. 힘으로 움직이게 할 수도 없다. 제나라에서 그 분들을 마음대로 움직일 수 있는 사람은 아무도 없다. 왕도 함부로 못한다. 왕도 못하는 일을 내가 해야 한다. 머리가 아팠다. 누구와 말을 나눠도 안 되니 더 답답했다. 나를 집어삼킬 듯 노려보던 경대부 눈을 떠올릴 때마다 소름이 돋았다.

'어떻게 하면 이 일을 말하지 않은 채 그 분들을 이곳으로 모실

수 있을까?'

나도 경대부처럼 머리가 아팠다. 관자놀이를 지그시 눌렀다. 살짝 눌러서는 아픔이 가시지 않아서 아주 세게 눌렀다. 그때서야 아픔이 살짝 누그러졌다.

"혹시, 직하에서 나오신 분입니까?"

뒤에서 누가 나에게 말을 걸었다. 몸을 돌려 보니 내 또래가 서 있었다. 옷차림은 깔끔한데, 얼굴은 옷차림과 어울리지 않았다. 어제까지 허름한 옷을 입다가 오늘 처음으로 깔끔한 옷을 입은 사람처럼 보였다.

"누구신지?"

"제 이름은 문(文), 성은 전(田)입니다. 경대부님을 바로 옆에서 모시며 잔심부름을 합니다."

잔심부름이나 한다는 말에 마음을 놓았다. 딱 봐도 별 볼일 없는 애 같았다. 나는 나름 거드름을 피웠다. 경대부에게 짓눌렸던 마음을 이 틈에 조금이라도 펴고 싶었다.

"그렇군. 그런데 왜 나를 찾지? 이미 경대부님을 뵙고 나왔는데."

나는 살짝 말을 낮췄다.

"경대부님께서 선비님을 따라다니며 일을 도우라 하셨습니다."

등이 다시 오싹했다. 말로는 도우라고 보냈다지만, 내가 어떻게 하나 낱낱이 살피라는 뜻이 숨어 있음을 알기 때문이다. 전문은 이번 일에선 내 목숨을 움켜쥔 사람이나 마찬가지였다. 그렇다고 대놓고 잘 봐달라고 할 수도 없었다. 나는 그래도 선비다. 자존심이 있다. 다행이 전문(田文)이 내 또래로 보였다. 가까워지면 아무래도 더 나을 듯했다. 그래서 먼저 말을 트기로 했다. 전문 나이를 물었는데 나와 같은 열여섯이었다. 나이가 같았기에 나는 서로 말을 놓자고 했고, 전문은 피식 웃더니 그러자고 했다.

"얼핏 듣기는 했지만, 도대체 어찌된 일인지요?"

말을 낮추려고 했는데 말끝이 다시 올라가 버렸다.

"서로 말을 놓자고 누가 말했지?"

전문이 살짝 웃으며 말했다.

"흠, 알았어. 네가 이 나라에서 임금님 다음으로 가장 힘 센 분을 모시니, 내가 말을 놓기가 힘들군."

잠깐이었지만 전문 입 꼬리가 살짝 올라갔다가 내려왔다. 비웃음인지 도도함인지 모르겠지만 썩 좋은 느낌은 아니었다.

"이미 들었겠지만 경대부님 뒤를 이어 가문을 이어받으실 맏아드님이 며칠 전 한밤중에 칼부림을 당했어."

이미 들어서 아는 이야기였지만 칼부림이란 낱말을 듣자마자 어깨가 굳고 다리가 떨렸다.

"한밤중에 뒤뜰에 나가서 둘째 아우를 기다리는데, 갑작스럽게 얼굴을 가린 이들이 들이닥쳐 칼을 휘둘렀다고 해. 때마침 경대부님을 따르는 식객[4] 가운데 칼솜씨가 뛰어난 건위라는 분이 지나가다가 칼잡이들을 물리쳤기에 목숨은 잃지 않았지. 그 칼잡이들이 누군지는 아무도 몰라."

"뒤뜰에서 칼부림이 벌어졌다면 시끄러웠을 텐데 다른 사람들이 못 봤어?"

"일이 벌어진 곳을 보면 그런 소리가 쏙 들어갈 걸."

안 그래도 어디서 일이 벌어졌는지 궁금했다.

"그곳을 보여줄 수 있니?"

"따라 와."

전문은 나를 이끌고 칼부림이 일어난 곳으로 데려갔다. 그곳에 가자마자 나는 벌린 입을 다물지 못했다. 뒤뜰이라기에 작은 뜰을 떠올렸는데 아니었다. 정말 엄청난 곳이었다.

밖은 높은 담장으로 둘렀다. 담장 한 곳 아래는 구멍이 뚫렸는데 바깥에서 안으로 물이 흘러 들어왔다. 물이 흐르는 곳에는 쇠창살이 박혀서 밖에서 사람이 들어올 수 없었다. 흐르는 물은 뜰 사이로 난 물길을 따라 굽이굽이 흘러서 작은 폭포를 만든 뒤 연못으로 떨어졌다. 연못 둘레에는 물 위에서 피는 갖가지 꽃이 가득했다. 연못으로 모인 물은 다시 물길을 따라 담장 밖으로 빠져나갔다. 물이 들어오는 곳 바로 옆에는 야트막한 언덕이 있는데 작은 나무들이 빼곡했다. 언덕 꼭대기로 오르는 길은 구불구불해서 느릿느릿 걷는 맛을 느끼기에 딱 좋았다.

언덕을 내려오면 어마어마하게 큰 바위가 놓였는데, 처음부터 있었다면 모를까 만약 밖에서 옮겨 왔다면 많은 사람이 힘을 모아야 할 만큼 엄청나게 컸다. 바위 옆에는 멋진 정자가 있었는데 이름이 연못을 품었다는 뜻을 지닌 '회택정(懷澤亭)'이고, 회택정 옆에는 사람 키보다 살짝 큰 나무들이 빼곡했다. 회택정 앞에는 개울을 건너는 돌다리가 있고, 돌다리를 건너면 바둑판처럼 난 길이 펼쳐지는데 길과 길 사이엔 갖가지 꽃들이 가득했다. 그런데 꽃들이 다 낯설었다. 내가 아는 꽃은 두 가지 뿐이었고, 나머지는 태어나서 한 번도 본 적이 없는 꽃들이었다. 바둑판처럼 펼쳐진 꽃밭 한가운데에는 엄청나게 큰 나무들이 있었다. 크기도 크기지만 굵기도 엄청났다. 키 큰 나무들이 모인 곳을 돌아가니 또 다른 정자가 있었다. 이 정자 이름은 숲을 품었다는 뜻을 지닌 '회림정(懷林亭)'이었다.

전문이 이끄는 대로 뒤뜰을 보고 난 뒤에 새삼스럽게 이런 곳을 뒤뜰이라 낮춰 부르는 전문이 다르게 보였다. 이렇게 큰 뜰을 뒤뜰이라고 부르는 마음은 무엇일까? 이곳을 나타내기에 어울리는 말을 고르지 못해서 그랬을까? 아니면 이렇게 큰 뜰조차 하찮게 볼 만큼 마음이 크기 때문일까? 말을 고르지 못해서라면 내 뜻대로 움직일 놈이지만, 이런 뜰조차 하찮게 여기는 큰 사람이라면 내 앞길이 그리 밝지 않을 성 싶었다.

"일이 터진 곳은 어디야?"

"회택정이야. 맏아들이 둘째 아우와 회택정에서 만나기로 하고 기다리다가 둘째 아우가 나타나지 않아서 돌아가려고 회택정을 막 내려서는데, 검은 옷을 입고 얼굴을 가린 자들이 나타나 칼을 휘둘렀다고 해.”

“만나기로 한 둘째 아우는 왜 안 나타났대?”

“둘째 아우는 회림정에서 기다렸나 봐. 아마 만나기로 한 곳을 두 분 가운데 한 분이 잘못 아신 듯 해.”

나는 회림정에 서서 회택정 쪽을 보았다. 큰 나무들에 가려 회택정이 보이지도 않았다. 웬만큼 큰 소리가 나지 않는다면 거리도 멀어 회택정에서 나는 소리를 회림정에서 듣기는 어려워 보였다. 그나저나 경대부 맏아들은 왜 칼부림을 당했을까?

“큰 아드님은 어떤 분이서?”

칼부림을 당한 까닭을 대놓고 묻지 않고 일부러 돌려서 물었다.

“그건 내가 말해줄 수 없어.”

전문은 내 물음을 칼 같이 잘라버렸다. 전문이 보여주는 말투에서 나는 맏아들이 어떤 사람인지 어림했다. 어질고 됨됨이가 좋다면 전문이 저렇게 말할 까닭이 없다. 맏아들이 그저 그런 사람이어도 말해주지 않을 까닭이 없다. 그렇다면 맏아들은 됨됨이도 안 좋고, 맏아들을 미워하는 사람도 많다는 뜻이다. 경대부 뒤를 이어 권력을 이어받을 큰아들을 두고 빌어지는 권력 싸움일 수도 있고, 못된 됨됨이 때문에 당한 사람이 몰래 앙갚음을 했을 수도 있다.

나는 다시 꽃밭 길을 걸어 회택정 쪽으로 빠져나왔다. 연못 옆을 지나갈 때 문득 좋은 생각이 떠올랐다. 다섯 사상가를 이곳으로 모실 멋진 수가 떠올랐기 때문이다. 어려움을 헤쳐 나갈 길이 보이자 지끈거리던 머리가 씻은 듯이 나았다. 맑은 물이 깨끗한 돌 사이로 해맑게 웃으며 흘렀다.

[1] 경대부 : 옛날 중국 지배 계층은 '천자 → 제후 → 경대부 → 선비'로 이어졌다. 천자는 임금이고, 제후는 큰 지역을 다스리는 지배자였다. 제후들이 나중에 따로따로 나라를 세우면서 춘추전국시대가 열린다. 경대부는 제후 아래 있던 권력자였고, 선비들은 지배 계층이었다. 제후는 '~공'으로 불리다가 나중에 스스로 왕에 올랐다. 제후가 다스린 곳을 국(國)이라 하고, 경대부가 다스린 곳을 도(都)라 하였다.

[2] 전영 : 전국시대 제나라 재상. 제나라 위왕 아들로 위왕, 선왕, 민왕을 모셨고, 제나라 설(薛) 땅을 다스리는 지배자였다. 사마천은 『사기』에서 나라를 키운 공이 큰 사공자(四公子)를 소개하는데 사공자 가운데 한 명인 맹상군 '전문(田文)' 아버지가 바로 정곽군 '전영(田嬰)'이다.

[3] 이 다섯 사상가 같은 시기에 직하에 있지는 않았다. 직하에 머문 적도 없는 사상가도 있다. 소설을 풀어 가려고 다섯 사상가들이 일부러 같은 때에 직하에 있다고 꾸몄다. 꾸미기는 했으나 이 다섯 사상가들이 주장한 생각과 결이 같은 사상가들은 직하에 많이 있었다.

[4] 식객 : 옛날 권력자 집에 머물며 권력자를 따르고 권력자에게 이런 저런 도움을 주던 사람들을 가리키는 말이다.

02
아름다운 뜰을 마주한 다섯 명의 셜록 홈즈

수레가 뒤뜰에 멈췄다. 전문이 먼저 내리고 내가 뒤따라 내렸다. 이어서 맹자, 순자, 장자, 한비자, 묵자가 수레에서 내렸다. 전문은 개울가를 따라 난 길로 우리를 이끌었다. 굽이굽이 흐르는 개울을 따라서 우리는 느리게 걸었다. 나는 경대부가 시킨 일을 이루어냈기에 마음이 봄바람처럼 가벼웠다. 졸졸졸 흐르는 개울물을 느긋하게 즐겼다.

전문이랑 처음 이곳에 왔을 때는 마음이 무거워 제대로 보지도 못했다. 경대부가 시킨 대로 다섯 사상가들을 모시고 왔으니, 이제 칼부림 뒤에 감춰진 일은 다섯 사상가들이 파헤치면 된다. 나는 그냥 가만히 지켜보면 되니 마음이 가볍다. 마음이 가벼우니 아름다운 뜰을 만끽할 수 있었다. 나 같은 사람은 꿈에서도 보기 어려운 아름다운 뜰이다. 뜰에는 낯선 꽃과 나무가 가득했다. 나는 제나라에 태어나서 자랐기에 다른 나라에 가 본 적도 없다. 이 뜰에는 다른 나라, 낯선 마을이 가득했다. 멀리 떠나지 않는 한 누리지 못할 눈 호강을 이 뜰에서 마음껏 누렸다.

피어오르는 웃음을 애써 누르며 아름다움을 만끽하는데, 혀를 차는 소리가 뒤에서 들렸다.

"쯧쯧쯧! 꽃과 나무란 제 몸에 맞는 곳에 뿌리를 내리고 자라야 하는데, 여기엔 제나라에서는 자라지도 않는 꽃과 나무로 가득하니……. 이런 억지스런 짓을 왜 벌였는지 모르겠군!"

혀를 차는 이가 누군지 살펴보니 장자였다.

누가 시키지도 않았는데 장자가 혀를 차는 소리와 함께 다들 발걸음을 멈추었다. 앞서가던 전문도 멈춰서 몸을 돌렸다.

"내 눈엔 아름답게만 보이는데 왜 혀를 차시나."

순자가 수염을 쓰다듬으며 말했다.

"꽃과 나무는 타고난 대로 자라야 하는데, 이 뜰은 자연스럽지가 않아서 그러네. 제나라 땅에 어울리는 꽃과 나무도 아니고, 온 누리 곳곳에서 자라는 꽃과 나무를 끌어다 심어놓았으니 이런 억지도 없지. 이런 억지가 뭐가 좋다고 아름답다고 하나 모르겠네."

장자가 순자에게 말했다.

"사람은 자연에서 나왔지만 자연과 다르네. 사람은 제 손을 써서 바라는 대로 자연을 바꾸며 살아왔어. 사람은 자연에 맞춰서도 살지만 자연을 바꾸며 살기도 하지. 가만히 보니 이 뜰을 만든 이는 온 누리를 한 곳에 모아놓고 보려고 했어. 그 뜻이 크고 멋지지 않는가! 사람이 뜻을 품고 하는 일을 억지라고 깎아 내리면 안 되네."

순자는 장자와 생각이 아주 달랐다.

"사람이 자연과 다르다고 하지만 큰 눈으로 보면 자연 안에서 살아가네. 물은 아래로 흐르고 겨울엔 눈이 오며 바다는 끊임없이 출렁이지. 물을 위로 흐르게 하고, 여름에 눈이 오게 하며, 바다를 멈추게 한다면 어떻게 되겠는가? 그리 되지도 않겠지만 그렇게 하려다간 아주 나쁜 일이 일어나게 되겠지. 사람살이도 마찬가지네. 억지는 반드시 탈이 나게 마련이지. 이 뜰만 봐도 그러네. 제나라엔 제나라에 맞는 꽃과 나무가 있어. 저 나무와 꽃들은 제나라 땅에서 자라기에 맞지 않아. 맞지 않은 나무와 꽃을 심었으니 키우기 쉽지 않을 테고, 많은 꽃과 나무가 머지않아 죽겠지. 죽지 않게 하려면 또 얼마나 많이 애써야 하겠나? 제나라 땅에 맞는 나무와 꽃을 심었다면 그렇게 애쓸 일이 없지 않겠는가? 무엇보다 자연을 즐기려면 자연으로 나가면 될 일인데, 아름다움을 제 집안에 두겠다고 이런 뜰을 만드는 꼴이 얼마나 억지스러운가?"

장자 말은 물처럼 부드럽고 앞뒤가 맞았다.

"사람은 자연에서 났지만 자연을 벗어났네. 사람은 사람끼리 어울려 사는 틀을 만들었고 그 틀에 따라 사네. 무엇을 이루려고 뜻을 품고 애쓰지 않으면 사람이 아니지. 자네는 자연을 따르자고 하나 사람은 끊임없이 자연에서 벗어나려 할 때 진짜 사람다워진다네.”

순자는 부드럽게 장자 생각을 되받아쳤다.

“자식이 아무리 어머니를 떠나 자란다 해도 어머니 자식이 아닐 수는 없듯이, 아무리 사람이 자연에서 벗어나려 해도 자연에서 벗어나지는 못하네.”

그때 가만히 듣기만 하던 맹자가 끼어들었다.

“두 사람이 벌이는 토론은 알맹이가 빠졌네. 옛날 어진 왕이 다스리던 때에도 이런 큰 뜰을 만들었는데, 백성들이 너나없이 나서서 손을 보탰네. 큰 뜰을 다 지은 뒤 어진 왕이 그곳에 머무니 백성들이 그 모습을 보며 다들 기뻐했네. 그런데 똑같은 일이 나쁜 왕이 다스리던 때에 있었는데, 그때는 백성들이 너나없이 싫어했네. 다 지은 뒤에 나쁜 왕이 그곳에서 잔치를 벌이니, 모두들 나쁜 왕을 미워하며 귀를 틀어막고 큰 뜰 쪽은 쳐다보려고도 하지 않았다고 하네. 이처럼 같은 뜰이라도 어진 왕이었을 때는 백성들이 좋아했고, 나쁜 왕이었을 때는 싫어했네. 그러니 이 뜰을 볼 때도 마찬가지 마음으로 보아야 하네.”

순자와 장자 말에 반박한 맹자는 곧이어 전문 쪽을 보았다.

“네가 전문이라고 했느냐?”

“네. 제가 전문입니다.”

"너는 이곳 식구니 이 뜰을 보는 백성들 마음이 어떤지 잘 알겠구나. 백성들이 어떤 마음으로 이곳을 보느냐?"

"죄송한 말씀이나 저는 아랫사람이라 선생님 말씀에 답하기 어렵습니다."

전문은 머리를 조아리며 어찌할 바를 몰랐다.

그때 맨 뒤에 서 있던 묵자가 불쑥 끼어들었다.

"맹자 선생께선 몰라서 저 애에게 물으시오? 이런 엄청난 뜰을 만드는데 그 어떤 백성이 좋아하겠소? 제 집안일을 하기에도 시간이 모자란 백성들인데, 그런 백성들을 불러 모아서 개울을 파고, 산을 쌓고, 바위를 옮기고, 정자를 짓고, 온갖 나무와 꽃을 옮겨다 심는 일을 벌인다면 누가 좋아하겠소? 백성을 괴롭게 하는 일을 시키는 자가 좋은 왕이면 어떻고, 나쁜 왕이면 어떻단 말이오? 어차피 백성들에겐 다를 바가 없소."

묵자 말투에서 노여움이 가득 묻어났다. 안 그래도 햇볕에 많이 그을린 얼굴이 치솟는 노여움 때문에 더 검게 보였다.

"선배님들이 하신 말씀은 모두 알맹이가 빠졌습니다. 알맹이는 법입니다. 뜰을 만들 때 법대로 하고, 공을 세운 이에게 제대로 치레를 했다면 뭐가 문제겠습니까? 법대로 하면 그뿐, 나머지는 다 쓸데없는 이야기입니다."

한비자가 차갑게 말했다. 다른 네 사람 눈이 한꺼번에 한비자에게 쏠렸다. 한비자 홀로 네 사람과 토론을 벌일 듯했다. 직하학사

들이 벌이는 토론을 '백가쟁명(百家爭鳴)'이라고 부르는 까닭을 알
듯했다. 한 치도 물러서지 않고 벌이는 논쟁은 뜨거웠고 놀라웠
다. 더 깊은 토론이 벌어지길 바라며 귀를 기울이는데 회택정 쪽
에서 크고 맑은 목소리가 들렸다.

"다섯 선생님들께서는 말씀을 멈추시고 이쪽으로 오르시지요."

전영 경대부였다.

뜨거운 토론을 벌이던 다섯 사상가들은 토론을 멈추고 회택정
쪽으로 갔다. 회택정을 오르니 갖가지 먹을거리가 가득한 잔칫상
이 우리를 기다렸다. 잔칫상 가운데에는 전영 경대부가 자리 잡았
고, 둘레에는 시중을 드는 종들이 몇 명 있었다. 전영 경대부 뒤에
는 여러 악사들이 앉아 악기를 탔다. 이런 잔치엔 빠지지 않고 자
리하는 식구들이나 식객들은 한 명도 보이지 않았다.

높은 분들이 만나면 하는 뻔한 말들이 오가고 전영이 자리에 앉
자 다섯 사상가들도 자리에 앉았다.

"네가 아주 큰일을 했구나. 선생님들을 이곳으로 모셔오다니
아주 잘했다."

전영이 나를 보며 흐뭇하게 말했다.

이럴 땐 넙죽 칭찬을 받으면 안 된다. 제 힘으로 오르지 않은 높
은 곳은 떨어지기 쉽다. 나는 재빨리 나를 낮췄다.

"아닙니다. 저는 그저 이곳 뜰이 얼마나 아름다운지 말씀드렸
을 뿐입니다. 제가 선생님들을 이곳으로 모신 게 아니라 아름다운

뜰이 선생님들을 이곳으로 이끌었사옵니다."

"스스로를 낮출 줄도 알고, 좋은 자세야."

몇 마디 말이 오가며 선생님들과 경대부는 먹을거리를 즐겼다. 따사로운 햇살이 뜰을 가득 채웠고, 바람을 따라 흘러오는 꽃내음이 저절로 마음을 느긋하게 만들었다. 참 좋은 뜰이었다. 회택루에서 보니 연못과 냇물, 꽃과 길이 어우러진 뜰이 눈을 더욱 즐겁게 했다. 거기에 멋진 음악이 귀를 채우고, 맛있는 음식이 배를 채우니 더할 나위 없이 좋았다.

"음악이 참 좋습니다."

순자가 웃으며 말했다.

"백성들과 함께 즐긴다면 더욱 좋겠군요."

맹자는 담담한 얼굴로 말했다.

나는 음악이 어떤지는 몰랐지만 귀와 입과 눈과 코와 배가 모두 즐거웠기에 흐뭇했다. 오랜만에 마음이 느긋해져서 마음껏 먹었다. 함께 한 선생님들 가운데 맹자, 순자, 한비자는 먹을거리와 음악을 즐겼지만 장자와 묵자는 그러지 않았다. 장자는 먹기는 했지만 느릿하게 조금씩 먹었다. 묵자는 팔짱을 끼고 잔칫상을 노려볼 뿐 아예 먹으려 하지 않았다. 묵자를 보니 마음 놓고 먹기가 어려웠다. 괜히 묵자 눈치를 살피게 됐다. 무거운 기운이 묵자에게서 뿜어져 나와 회택정을 휘감았다. 뒤늦게 경대부도 이를 알아차린 모양이다.

"묵자 선생께서는 왜 들지 않으십니까? 먹을거리가 입에 안 맞으십니까?"

묵자는 팔짱을 낀 채 아무런 대꾸도 하지 않았다.

"어허! 이런 큰일이군! 네 이놈들! 어서 다른 먹을거리를 차려 오지 못하겠느냐!"

경대부가 둘레에 있던 종들에게 소리를 질렀고, 옆에서 시중을 들던 종들은 화들짝 놀라며 머리를 조아렸다.

"그만 하시지요. 종들이 무슨 잘못이 있습니까? 잔칫상을 보니 마음이 저절로 무거워져서 젓가락을 잡기 어려울 뿐입니다."

묵자는 팔짱을 풀고 경대부를 마주보며 말했다.

"묵자께서는 오랫동안 전쟁터를 누볐다고 들었습니다. 전쟁터에서야 거친 먹을거리뿐이지요. 부드럽고 달콤한 먹을거리가 입에 안 맞을 수도 있겠군요. 저도 옛날에 전쟁터를 누빌 때는 거친 먹을거리들만 즐겼지만, 전쟁터를 떠난 지 오래 되다 보니 이젠 전쟁터에서 즐기던 먹을거리는 입에 넣기가 쉽지 않습니다."

경대부가 사람 좋아 보이는 얼굴빛을 하며 말했다.

"제 입맛 때문이 아닙니다."

묵자는 경대부 말을 곧바로 쳐냈다. 말이 몹시 거칠었다.

묵자는 살빛이 검고 단단했다. 언뜻 보이는 팔뚝은 불끈거리고 힘이 넘쳐 보였다. 얼굴에도 다친 자국이 여럿이었고, 팔뚝은 온통 흉터자국이었다. 다른 사상가들이 글과 말을 쓰는 사람들이라면 묵자는 몸을 쓰는 사람이었다. 귀동냥을 한 바에 따르면 묵자를 따르는 이들은 선비가 아니라 하층 무사나 기술자들이라고 했다. 그들은 묵자가 죽으라고 하면 망설이지 않고 목숨도 내놓을 만큼 묵자를 따른다고 한다.

"한 끼를 먹는데 이토록 넘치도록 차려야 할 까닭이 있습니까?"

묵자 말을 들은 경대부가 젓가락을 놓았다.

"묵자 선생은 무엇이 그리 마음에 안 드십니까?"

"많은 백성들이 제대로 먹지도 못하고 굶주립니다. 어떤 백성들은 굶어 죽기도 합니다. 한 해 내내 부지런히 일하지만 이런 잔칫상은 죽을 때까지 보지도 못합니다. 잔칫상에 오른 수많은 먹을거리에는 백성들이 흘린 땀이 가득합니다. 그들은 땀은 흘렸으되 즐기지 못합니다. 그런데 어찌 제가 여기서 이런 먹을거리를 아무 생각 없이 먹을 수 있겠습니까?"

묵자가 말을 하는 동안 모두들 젓가락질을 멈췄다.

"뒤에서 울리는 음악도 귀에 몹시 거슬립니다. 음악을 만드는 데는 많은 시간이 들고, 수많은 사람들이 애를 써야 하나 백성들에겐 아무런 보탬이 되지 않습니다. 그저 귀하신 분들 귀만 즐겁게 해줄 뿐이지요. 당장 여기서 시중을 드는 종들만 봐도 그렇지 않습니까? 아무도 이 음악을 즐기지 못합니다. 경대부님 말씀 한 마디에 벌벌 떨면서 어떻게 하면 매를 맞지 않을까, 죽지 않을까 걱정하며 하루하루를 살고 있습니다."

나도 모르게 옆에 선 종들에게 눈길이 갔다. 입에 쓴 맛이 돌았다.

"또한 담장을 타고 넘어간 음악 소리를 듣는 백성들 마음은 어떻겠습니까? 오는 길에 많은 백성들이 들에서 땀 흘려 일하는 모습을 보았습니다. 그들 귀에 이 음악이 들어가겠지요. 뼈가 빠지도록 일을 하는 이들 귀에 느긋하게 정자에서 흘러나오는 음악이 즐거울 수 있겠습니까? 그저 괴롭고 부러움만 불러일으킬 뿐입니다. 그래서 전 음악도, 먹을거리도 즐기지 못하겠습니다."

들떴던 마음이 무겁게 가라앉았다. 모두들 아무 말이 없었다. 둘레에 있던 종들은 너나없이 묵자를 보았고, 경대부는 얼굴을 찌푸리며 오른손으로 관자놀이를 눌렀다. 또다시 두통이 오는 듯했다.

"음악을 즐긴다고 해서 꼭 나쁘다고 볼 수는 없지요."

맹자였다.

"묵자 말대로 경대부께서 여기서 음악을 즐기는데 백성들이 음악 소리를 듣고 모두 머리가 아프다며 이마를 찡그린다면, 이는 경대부께서 백성들과 즐거움을 함께하지 않기 때문입니다. 이럴 땐 경대부께서 음악을 즐기기에 앞서 먼저 백성들이 겪는 괴로움을 덜어주서야 합니다. 담을 넘어 들려오는 음악 소리를 듣고 백성들이 모두들 즐거운 마음으로 기쁜 낯빛을 한다면 경대부께서 음악을 즐겨도 아무런 문제가 없습니다."

경대부는 맹자를 지그시 바라봤다.

"경대부 생각엔 어떻습니까? 담을 타고 넘어간 음악 소리를 듣고 백성들이 기쁜 낯빛을 할까요, 찌푸릴까요?"

경대부는 턱을 쓰다듬기만 할 뿐 아무런 말도 하지 않았다.

03
경대부 맏아들은 어떤 사람입니까?

"우리를 부른 까닭이 잔치 때문도, 이 뜰 때문도 아니시죠?"

무거운 기운을 흐트러뜨리며 순자가 입을 열었다.

"저 아이가 아름다운 뜰을 보러가자고 말했을 때부터 다른 속셈이 있는 줄 알았습니다만, 너무 오래 직하에 머물러 있었기에 바람을 쐴 겸 나들이 간다는 생각으로 따라나섰습니다."

다른 속셈이란 낱말에 속이 덜컹 내려앉았다. 내가 속임수를 썼다고 여기고 나를 벌주라고 하면 큰일이다 싶었다. 묵자 말을 들으면서 점차 줄어들던 입맛이 순자 말을 듣고는 모조리 달아나 버렸다.

"경대부께서 정치를 말하고자 한다면 굳이 이곳으로 속임수를 써서 우리들을 부를 까닭이 없겠죠. 다른 일로 만나려고 한다면 경대부께서 직하로 찾아오면 되고요. 그러니 아름다운 뜰을 미끼로 우리를 불렀다는 말은, 다른 사람들이 알면 안 되는 일이 있다는 뜻이겠죠. 밖으로 빠져 나가면 안 되는 일, 남에게 차마 말하지 못할 일이 있어서 우리를 불렀다는 생각이 듭니다. 더구나 한두 사람도 아니고 다섯이나 불러들였다면 풀어내기 쉽지 않은 어려움이겠지요. 맞지 않습니까?"

순자가 말을 하는 내내 경대부는 놀라운 얼굴빛을 하더니, 순자가 말을 마치자 몸을 바짝 세웠다.

"맞습니다. 말씀이 하나도 다르지 않습니다. 순자 선생님 말씀을 들으니 제가 다섯 분을 여기에 모시길 정말 잘했다는 생각이 듭니다."

경대부 말투는 바르고 깍듯했다.

"도대체 무슨 일이십니까?"

순자가 물었다.

경대부는 얼굴을 굳히더니 둘레에 있는 종들과 악사들을 모두 물러가게 했다. 회택정에는 경대부와 다섯 선생님, 그리고 나와 전문만 남았다.

"맏이가 며칠 전 한밤중에 이 회택정 바로 앞에서 칼부림을 당했습니다."

경대부가 무겁게 말을 꺼냈다.

"둘째와 이곳에서 만나기로 하고 나왔는데, 둘째는 맏이와 만나기로 한 곳이 저쪽 숲 건너 회림정으로 알고 서로 엇갈렸다 합니다. 됨됨이가 급한 맏이는 조금 기다리다가 회택정에서 내려오려는데, 눈 빼고는 온 몸을 검은 천으로 가린 놈들이 맏이에게 칼을 휘둘렀답니다. 칼을 여러 번 맞고 목숨을 잃을 뻔 했으나, 그때 마침 제 식객 가운데 아주 칼을 잘 쓰는 이가 지나가다가 자객들을 물리쳐서 맏이를 살렸습니다. 맏이가 크게 다치지 않았다면 자객들을 잡았겠지만 맏이가 피를 많이 흘려서 살피려다 보니 그들을 놓쳤답니다."

"자객을 잡으려면 칼 쓰는 사람을 불러야지요. 우리는 칼 쓰는 사람들이 아닙니다. 물론 묵자 선생은 칼을 아주 잘 쓰지만 다른 넷은 칼과는 먼 사람들입니다."

순자가 말했다. 순자는 직하학사 가운데 우두머리인 '좨주'다. 좨주는 직하에서 가장 뛰어난 사상가에게 제나라 왕이 내린 벼슬이다. 이름뿐인 벼슬이긴 하지만 나라에서 지내는 큰 제사를 도맡을 만큼 다들 우러러 보는 자리다. 순자는 이 자리에 온 다섯 사상가들을 이끄는 좨주이기에 다섯을 대표해서 경대부가 부른 까닭을 묻고 있었다. 순자가 '이 일은 우리가 맡지 않겠다'고 하면 경대부가 아무리 날고 기는 권력자라도 다섯 사상가를 어떻게 해 볼수가 없다. 그래서 그런지 경대부는 바르고 깍듯한 말만 썼다.

"칼을 잘 쓰는 사람이야 제 밑에도 많습니다. 그러나 칼을 잘 쓴다고 이 일을 풀어내지는 못합니다. 한밤중에 이곳에 들어올 만한 사람은 아무리 봐도 우리 식구들뿐입니다. 아랫놈들이 겁 없이 이곳에 들어와 칼을 휘두를 까닭도 없습니다. 제가 보기엔 우리 가족이거나 제 집에 머무는 식객들 가운데 범인이 있습니다. 셋씩이나 칼을 잡았다면 몰래 꼼꼼하게 일을 꾸몄겠지요. 밖이나 아랫놈들 가운데서 범인을 잡으려 한다면야 어렵지 않지만, 제 식구들이나 식객들 사이에서 범인을 잡아야 하니 어렵습니다. 범인을 잡겠다고 함부로 휘저었다가는 서로 다툼이 생기고 미움이 번질까 두렵습니다. 여러 선생님들을 부른 까닭을 아시겠는지요?"

다섯 사상가들은 모두 고개를 끄덕였다.

"어림 가는 바도 없습니까?"

순자가 물었다.

"그것이……."

경대부가 잠깐 망설였다. 이마를 만지고, 턱을 쓰다듬더니, 입술을 지그시 깨물었다. 무엇인지 몰라도 말을 꺼내기 쉽지 않은 듯했다.

"맏아들은 어떤 사람입니까?

맹자가 물었다. 순자는 에둘러 가려 했지만 맹자는 한가운데 과녁을 찌르듯 거침이 없었다. 경대부 얼굴이 잠깐이지만 몹시 일그러졌다. 입술을 너무 세차게 깨물어서 피가 날까 봐 걱정스러웠다. 경대부 얼굴에서 맏아들이 어떤 사람인지 그대로 드러났다.

맏아들이 잘못한 일이 많지 않다면 범인을 찾기는 어렵지 않다. 맏아들과 얽힌 나쁜 일을 알아낸 뒤 그 일과 이어진 사람만 찾으면 범인이 좁혀진다. 경대부가 어림 가는 바가 없다는 말은 맏아들이 못된 짓을 많이 저질렀다는 뜻이다. 맏아들이 저지른 나쁜 짓 때문에 적이 많이 생겼고, 적이 많다 보니 맏아들에게 칼을 휘두를 만한 사람이 꽤나 많아서 도대체 누가 그랬는지 어림하기도 어렵다는 뜻이다. 물론 맏아들이 지나치게 곧은 사람이어서 적이 많을 수도 있지만, 경대부 얼굴빛을 보면 그렇지는 않은 듯했다. 나라도 내 아들이 못된 짓을 많이 해서 적이 많다는 이야기를 꺼내려면 경대부 얼굴처럼 될 수밖에 없겠다는 생각이 들었다.

"제가 말씀 드려도 되겠습니까?"

전문이 나섰다.

경대부는 바로 고개를 끄덕였다. 찡그린 얼굴은 살짝 풀렸지만 여전히 딱딱하고 어두웠다.

"경대부께서 나랏일을 하시느라 바쁘시기에 이곳 설 땅은 큰아드님이 다스리도록 맡겼습니다. 나중에는 경대부님을 이어 설 땅을 다스려야 하기에 미리 맡아보게 하려는 뜻도 있었습니다. 경대부님은 매우 너그럽게 설 땅을 다스렸습니다. 나라에서 정한 세금보다 낮게 거뒀고, 이러저런 일에 백성들을 부릴 수 있음에도 그렇게 하지 않았습니다. 경대부님이 이렇게 설 땅을 다스리니 다른 곳에 살던 백성들까지 설 땅으로 모여들고, 다들 경대부님을 우러러봤습니다. 그러나 안타깝게도 큰아드님은 경대부님만큼 너그

럽지 못했습니다. 큰아드님은 제나라 법이 정해진 대로 농민들에게 세금을 거둬들였고, 세금을 내지 못하는 백성에겐 제나라 법이 정한 대로 벌을 주었습니다. 경대부님과 견주며 따지는 백성들에겐 '제나라 법에 따라 할 뿐'이라며 매몰차게 다뤘습니다. 이 뜰도 큰아드님이 백성들을 다그쳐서 지었습니다. 백성들이 싫어했지만 제나라 법으로만 따지면 큰아드님이 백성들을 부려서 이 뜰을 만들어도 법에 어긋나지는 않습니다."

전문이 하는 말을 듣는데 저절로 묵자에게 눈이 갔다. 묵자 눈빛이 매섭기 그지없었다.

"경대부님께는 많은 아들들과 사위가 있는데 그들과도 사이가 좋지 못합니다. 다른 사람 말을 잘 듣지 않고 혼자 일을 밀어붙이기를 거듭했기 때문입니다. 경대부님께서 함께 머리를 맞대고 일을 해나가라고 했음에도 잘 듣지 않았습니다. 다른 형제들이나 선비들과도 많이 다퉜습니다. 한번은 경대부님을 모시는 식객들과 선비들이 큰아들을 말리는 말을 건넸다가 얻어맞기까지 했습니다. '내가 나중에 아버지 자리를 물려받으면 모조리 내쫓겠다'는 막말을 퍼붓기도 했습니다. 그리고…,"

"그만! 그만하면 됐네."

맹자가 말을 끊었다.

"공자님께서는 임금은 임금다워야 하고, 신하는 신하다워야 하며, 어버이는 어버이다워야 하고, 자식은 자식다워야 한다고 말씀

41

하셨습니다(군군신신부부자자 君君臣臣父父子子). 사람이 제 노릇을 바르게 해야 가정도 사회도 바른 길로 갑니다. 큰아드님은 설 땅을 다스릴 만한 깜냥이 못됩니다. 요즘 사람들은 임금을 높게 여기고 백성을 하찮게 여기지만, 정말 높은 이는 백성입니다. 백성이 가장 높고, 나라가 그 다음이며, 임금은 가장 하찮은 사람입니다."

맹자 목소리는 칼같이 매서웠다.

"못된 임금은 임금이 아니라, 몰아내야 할 나쁜 사람일 뿐입니다. 임금은 백성을 잘 살게 할 때만 임금입니다. 백성을 괴롭히는 임금은 쫓아내야 합니다. 임금도 백성을 괴롭히면 쫓아내야 하는데, 경대부도 아닌 큰아들이 설 땅을 엉망으로 다스리며 백성들에게 미움을 받는다면 쫓겨남이 마땅합니다."

맹자가 쏟아내는 말을 듣고 경대부는 놀란 입을 다물지 못했다. 경대부만큼 놀라지는 않았지만 나도 놀랐다. 맹자 입에서 나온 말은 엄청났다. 나는 임금이 높고, 경대부는 그 다음이며, 나와 같은 선비는 백성보다 귀한 사람이라 믿었다. 그런데 맹자는 백성이 가장 귀하고 임금이 하찮다고 말했다. 임금보다 낮은 나는 임금보다 더 하찮은 사람일 뿐이다. 백성을 괴롭게 한다면 나라도 무너뜨려야 한다는 말은 듣기만 해도 머리카락이 쭈뼛쭈뼛 설 만큼 두려움을 자아냈다.

"큰아들은 스스로 나쁜 일을 불러들였습니다. 누군가 일을 꾸

며서 큰아들을 헤쳤다고 여기지 마십시오. 하늘이 만든 나쁜 일은
애를 쓰면 벗어날 수 있지만, 스스로가 불러들인 나쁜 일은 아무
리 발버둥 쳐도 빠져나갈 길이 없습니다. 스스로 미움을 불러들였
습니다.”

맹자가 말을 마친 뒤에 잠깐 동안 아무런 소리가 들리지 않았
다. 장자 한 사람만 빼고 다들 젓가락을 놓고 가만히 있었다. 장자
는 무슨 이야기가 오고가든 마음에 없는 듯 느릿느릿 젓가락질을
했다.

“그럼 내가 어찌하면 좋겠습니까?”

경대부가 괴로움이 묻어나는 소리로 물었다.

“범인을 찾으려 말고, 큰아들을 매섭게 꾸짖으십시오. 그리고
큰아들이 바른 사람이 되도록 이끄십시오. 바른 사람이 되어 바르
게 사람을 대하고 살면 모든 다툼과 미움은 사라지게 됩니다. 범
인을 찾으려 하지 마시고 큰아들 됨됨이를 바꾸십시오.”

“으으으음~!”

경대부는 몸을 뒤로 쭉 빼더니 낮고 길게 괴로운 소리를 내뱉
었다. 두 손으로 머리를 움켜쥐더니 오른쪽 관자놀이를 세게 눌렀
다. 또다시 머리가 아픈 모양이었다.

“제가 한 말씀 드려도 되겠습니까?”

한비자가 나섰다.

경대부는 말은 않고 고갯짓으로만 듣고 싶다는 뜻을 드러냈다.

"미움 받을 만한 일을 벌였다 하나 큰아드님은 이곳 설 땅을 이어받을 후계자입니다. 백성들이 싫어한다고 하는데, 제가 듣기에 제나라 법에 어긋난 일은 하지도 않았습니다. 법이 정한 대로 설 땅을 다스렸는데 미움을 받았다면 잘못은 큰아드님에게 있지 않고 미움을 품은 사람들에게 있습니다. 미움이 옳다고 하더라도 법을 따르지 않고 앙갚음을 하려고 칼을 휘두른 짓이 옳을 수는 없습니다. 미움을 품은 놈들이 저지르는 앙갚음을 그대로 두면 나라는 엉망이 되고 맙니다. 반드시 칼부림을 한 놈들을 찾아야 합니다."

한비자 말을 듣고 경대부 얼굴은 놀랄 만큼 밝게 펴졌다. 관자놀이를 누르던 손도 멈췄다.

"제 생각과 같습니다. 다만 식구들 사이에 다툼과 미움을 일으키지 않고 범인을 잡아낼 길을 몰라서 걱정입니다. 한비자 선생께서는 길이 있는지요?"

경대부가 물었다.

"아랫사람이 윗사람을 섬기는 까닭은 아랫사람이 착해서가 아니라, 윗사람을 섬기면 그에 따른 대가가 따르기 때문입니다. 윗사람이 아랫사람에게 잘해주는 까닭도 윗사람이 착해서가 아니라, 아랫사람이 부지런히 일하기를 바라기 때문입니다. 사람은 늘 쓸모를 가장 앞세우고 움직입니다. 사람들은 서로 쓸모가 있고 돈이 된다면 낯선 사람과도 잘 어울리지만, 돈 때문에 다툼이 생기면 어버이와 자식 사이에서도 얼굴을 붉힙니다. 사람은 뱀을 보면 놀라고 송충이를 보면 징그럽다고 멀리합니다. 그렇지만 뱀을 닮은 뱀장어를 아무렇지 않게 만지고, 송충이를 닮은 누에를 웃으면서 주무릅니다. 사람들이 뱀장어와 누에를 아무렇지 않게 만지는 까닭은 모두 돈이 되기 때문입니다. 만약에 뱀이 돈이 된다고 하면 뱀을 보고 무서워하기는커녕 앞 다투어 뱀을 잡으려고 달려들겠지요. 이처럼 사람은 돈이 되면 무슨 일이든 합니다."

"그 말씀은……."

경대부가 무슨 말인지 하려는데 맹자가 끼어들었다.

"화살을 만드는 사람은 제가 만든 화살이 사람을 헤치지 못할까 걱정하고, 갑옷을 만드는 사람은 쏟아지는 화살을 갑옷이 지켜내질 못할까 걱정합니다. 화살을 만드는 사람보다 갑옷을 만드는 사람이 착해서 사람 목숨을 걱정하지는 않습니다. 그저 하는 일이 사람 목숨을 지키는 갑옷을 만드는 일이기에 착한 마음이 들 뿐입니다. 그래서 사람이 돈과 쓸모만 좇으면 몹쓸 마음이 속에 똬리를 틀고, 남들에게 도움이 되는 일을 좇으면 좋은 마음이 자라나기 마련입니다. 그 점에선 한비자 선생과 생각이 같습니다."

아주 생각이 다를 줄 알았는데 맹자가 한비자와 뜻을 같이하다니. 뜻밖이었다. 맹자가 하는 말을 듣고 한비자와 경대부 얼굴이 아주 밝아졌다. 그러나 밝은 얼굴은 잠깐이었다. 뒤이어 나온 맹자 말은 두 사람 얼굴을 딱딱하게 만들었다.

"한비자 선생 말처럼 이익을 좇는 이들 때문에 칼부림이 일어났습니다. 그렇다면 그들을 찾아내서 벌을 주면 그런 일이 앞으로 일어나지 않을까요? 칼부림까지 일어난 걸로 봐서는 이 집안에는 이익을 좇는 이들이 가득합니다. 이익을 좇는 이들이 가득하니 모두가 제 이익만 찾기 마련이고, 이익이 서로 부딪치면 이런 칼부림은 언제든지 다시 일어나게 됩니다. 그러니 범인을 찾으려 마십시오. 경대부님부터 이익을 좇지 마십시오. 큰아들이 다친 일은 안타까우나 넓은 마음으로 덮고 넘어가십시오. 그러고서 백성을 더 잘 보살피고, 이익이 아니라 옳음을 좇도록 식구들을 가르치고 이끄십시오. 그러면 저절로 모든 일이 잘 풀리게 됩니다."

경대부는 두 손을 넓게 펴서 얼굴을 두어 번 쓰다듬었다. 답답함이 가득 묻어나는 몸짓이었다.

"사람은 어차피 이익에 따라 움직입니다. 아무리 경대부님이 넓은 마음으로 베풀어도 사람들 마음에 똬리를 튼 이기심까지 없애지는 못합니다. 이 집에 식구들은 많고, 설 땅은 넓고, 백성들은 넘쳐납니다. 많은 식구들과 백성들을 제대로 다스리려면 법을 제대로 세워야 합니다. 법을 어기면 벌을 주십시오. 법을 어겼는데도 그대로 두면 너나없이 법을 우습게 알게 됩니다. 칼부림을 한 놈들을 반드시 찾아내서 큰 벌을 내리십시오."

한비자는 맹자 맞은편에 앉았는데 경대부 몸은 한비자 쪽으로 많이 기울어졌다. 기울어진 몸이 경대부 속마음을 그대로 드러냈다.

"한비자 선생, 어떻게 하면 범인을 쉽게 잡을 수 있겠습니까?"

"칼부림이 이익과 얽혔습니다. 칼부림이 날 만큼 큰 이익이 걸린 일이 그리 많지는 않으리라 봅니다. 요즘 큰아드님과 큰 이익을 두고 다툼을 벌인 이가 누구인지 알아보면 범인은 곧바로 드러나리라고 봅니다."

경대부는 고개를 세차게 끄덕였다. 한비자가 한 말이 경대부가 듣고 싶은 말인 듯했다.

"제 생각도 한비자와 같습니다. 사람은 제 이익을 좇아 움직입니다. 한비자 말처럼 이익을 두고 벌이는 큰 다툼이 있었으리라 봅니다. 범인은 그렇게 잡겠지요. 그렇지만 범인만 잡고 벌을 주고 일을 끝맺으면 안 됩니다. 맹자 선생 말처럼 이익을 좇는 이들이 많기에 언제든 이런 일이 다시 일어날 수 있습니다. 그렇다고 이익을 좇지 말라고 시킨다고 해서 그렇게 되지도 않습니다. 그러니 이익을 좇는 마음이 범죄까지 이어지지 않도록 가르쳐야 합니다. 또한 이익을 좇더라도 정해진 틀 안에서, 서로를 해치지 않는 틀 안에서 다투도록 하면 됩니다. 작은 다툼은 더 큰일을 이루는 데 도움이 됩니다."

순자가 하는 말을 듣자 경대부는 입에 작은 웃음까지 찾아들었다.

"순자 선생님 말씀이 딱 제 마음입니다."

경대부 얼굴은 활짝 퍼졌지만 맹자 얼굴은 묵자처럼 딱딱해졌다.

"범인을 잡으려 하지 말고 큰아드님에게 떠나간 백성들 마음을 얻는 법을 가르치십시오. 범인을 잡으려다 더 큰일이 벌어질지도 모릅니다. 모두 백성들 마음을 잃어서 벌어진 일이니, 백성들 마음을 다시 얻으면 일은 부드럽게 풀립니다."

맹자가 다시 거세게 말하자, 풀어졌던 경대부 얼굴이 다시 굳어졌다.

묵자는 입을 꾹 다물고 팔짱을 낀 채 아무 말도 안 했지만, 그 속마음이 어떤지는 누구라도 알만했다. 순자와 한비자는 범인을 찾을 생각이 있었지만, 맹자와 묵자는 범인을 잡을 마음이 없어 보였다. 두 사람씩 갈렸다. 마지막 남은 한 사람, 장자가 무슨 생각을 하는지 궁금했다. 그렇지만 장자는 아무런 말도 않고 그저 느릿느릿 먹을거리를 즐기기만 했다.

"우리끼리 말을 나눌 테니 경대부께서는 잠깐만 자리를 비켜주시겠습니까?"

순자가 말했다.

경대부는 잠시 생각하더니 자리를 떴다. 전문도 경대부를 따라 나갔다.

"그런 못된 짓을 일삼은 자는 칼에 맞아도 쌉니다. 나는 이 일을 돕지 않겠소."

경대부가 뜨자마자 묵자가 잔뜩 골이 난 목소리로 말했다.

"아무리 못되었다 하나 아래가 위를 치는 일은 옳지 못하오. 법을 어긴 이를 그대로 두면 나라가 무너지오. 못된 이는 찾아내어 세게 벌해야지 그대로 두면 안 되오."

한비자가 날카롭게 되받아쳤다.

"윗사람은 아랫사람을 올바르게 이끌어야 하오. 윗사람이 돼서 나쁜 짓을 벌이는 이는 윗사람이 아니라, 그냥 나쁜 사람일 뿐이오. 큰아들을 친 사람은 윗사람을 치는 짓을 벌이지 않았소. 그저 나쁜 사람을 쳤을 뿐이오. 우리가 돕는다면 옳은 일을 하는 이는 벌주고, 나쁜 일을 하는 이는 돕는 꼴이오. 나는 그런 일은 못하오."

맹자는 대쪽 같은 기운을 뿜어냈다.

"칼부림을 한 짓이 어찌 바른 일이란 말이오? 그리고 칼부림을 한 이를 찾아내어 세게 벌을 준다고 일이 끝나지는 않소. 범인을 찾은 뒤엔 바른 길을 가도록 가르치고, 올바른 질서를 세워야 합니다."

순자는 부드러웠지만 당찼다.

"큰아들은 죽어 마땅하오. 백성들에게 못되게 군 놈을 어찌 그대로로 둔단 말이오. 맹자 선생 말씀대로 칼을 쓴 이들을 잡으면 니쁜 놈을 돕게 되오."

묵자는 바로 칼이라도 뽑아서 큰아들을 칠 듯이 말했다. 묵자가 내뿜는 기운이 매섭고 무서워서 나도 모르게 주눅이 들었다.

생각은 둘로 나뉘었다. 아무리 서로 다투어도 끝나지 않을 듯했다. 다들 장자를 보았다. 장자는 그때까지도 느긋하게 앉아 먹을거리를 즐겼다. 느리게 씹으며 맛을 즐기던 장자는 사람들 눈길이 모이자 그때서야 빙그레 웃으며 말을 꺼냈다.

"다들 그럴싸합니다. 그나저나 이런 곳에서 왜 칼부림이 벌어졌는지 궁금합니다. 무엇보다 칼부림을 일으킨 놈이 꼭 옳은 뜻을 품었을 리도 없지 않겠습니까? 그러니 한번 알아봅시다. 어차피 이곳까지 왔으니 바로 돌아갈 수도 없는 노릇 아니겠소?"

이제 범인을 찾아내자는 생각 쪽이 세 사람이다. 나는 가슴을 쓸어내렸다. 이분들이 경대부가 부탁하는 일을 안 하고 돌아가 버리면 경대부가 나를 어떻게 할지 걱정이었기 때문이다.

"더구나 우리 잔심부름을 하는 이 아이에게 경대부가 이것저것 시킨 모양인데, 우리가 모른 척하고 가버리면 저 아이 목숨이 어떻게 될 수도 있으니, 한번 해봅시다."

장자는 내 걱정을 알고 있었다.

묵자가 날 보며 입을 열었다.

"좋소. 저 아일 봐서 돕기로 하지요."

묵자가 이렇게 말하며 맹자를 보았다. 맹자도 고개를 끄덕였다.

"다들 생각이 그렇다면 좋습니다. 너는 가서 경대부께 이쪽으로 오시라고 말씀드려라."

맹자 말을 듣고 나는 부리나케 경대부가 있는 곳으로 뛰어갔다.

"그나저나 범인을 잡으려면 누구부터 만나야 할까요?"
내 뜀박질 뒤로 묵자가 하는 말이 들렸다.

04
가장 큰 이익을 얻는 이부터 의심하라!

차마 쳐다보기 무서울 만큼 눈매가 날카로웠다. 매서운 왼쪽 눈 아래로 턱까지 난 긴 흉터가 눈길을 잡아끌었다. 손은 억셌고 팔뚝은 굵었으며 어깨는 당당했다. 몸에서 풍기는 느낌이 묵자와 엇비슷했다. 허리춤에 걸린 긴 칼은 마치 몸과 하나인 듯했다. 손때가 묻은 손잡이는 칼과 사람이 오랫동안 함께 해온 사이임을 말해 주었다.

"옛날부터 우러러보던 묵자 선생님을 드디어 뵈오니 기쁘기 그지없습니다. 제 이름은 건위라고 합니다."

건위는 묵자를 보자마자 바닥에 무릎을 꿇고 엎드려 절을 했다. 묵자도 몸을 굽혀 맞절을 했다.

"저를 아십니까?"

묵자가 말했다.

"어찌 모르겠습니까? 저희 같이 싸움터를 떠돌며 살아가는 칼잡이들 가운데 묵자님 이름을 모르는 이가 없습니다. 묵자님은 저희들에게 하늘과 같은 분입니다."

묵자는 빙그레 웃으며 땅바닥을 짚은 건위 손을 꽉 잡았다. 서로 세차게 손을 움켜쥔 채 둘은 함께 몸을 일으켰다.

"두 분이 서로 마음이 맞아 함께 어울리고 싶은 마음은 알겠지만, 해야 할 일은 빨리 합시다."

한비자가 살짝 퉁명스럽게 말했다.

"제가 묵자 선생님을 뵙고 싶었던 마음이 커서 예의에 어긋난 짓을 했습니다."

건위가 머리를 조아렸다.

"예의는 그만 차리고 우리가 알고 싶은 이야기나 들려주시오."

한비자가 다시 다그쳤다.

"알겠습니다. 제 이름은 앞서도 말씀드렸듯이 건위라고 합니다. 아주 오랫동안 싸움터를 돌아다녔으며 전영 경대부님도 오래 모셨습니다. 며칠 전 밤이었습니다. 어둠은 깊고 잠이 오지 않아 몸을 뒤척이다 밖으로 나왔습니다. 성벽을 따라 느릿느릿 걷는데 문득 피 냄새가 났습니다. 저희 같이 싸움터에서 오래 뒹군 칼잡이들은 아주 흐릿한 피 냄새만 나도 알아차립니다. 저는 아주 빠르게 피 냄새가 나는 곳으로 내달렸습니다."

"잠깐!"

한비자가 끼어들었다.

"소리보다 피 냄새를 먼저 맡았단 말이오? 이곳은 굉장히 넓은 뜰이오. 아무리 피 냄새를 잘 맡기로서니 소리보다 피 냄새를 먼저 알아차리고, 그곳으로 곧바로 가다니 말이 되오?"

"사람이 죽고 죽이는 싸움터에서 오랫동안 뒹굴다 보면 제 목숨을 지키려고 여느 사람에겐 없는 재주가 생깁니다. 믿지 못하겠다면 시험해 보셔도 좋습니다."

한비자는 다 믿는 눈치는 아니었지만 더는 따지지 않았다.

"재빠르게 뛰어가는데 피 냄새가 짙어지고 칼에 맞아 괴로워하는 소리도 들렸습니다. 회택정 쪽이었습니다. 저는 바로 칼을 뽑아들었습니다. 회택정 앞에 오니 계단 바로 앞에 핏자국이 보였습니다. 회택정 둘레에 횃불이 환하게 있어서 둘레가 다 보였습니다. 마침 달빛도 밝았습니다. 핏자국은 회택정 옆쪽 숲으로 이어졌고, 저는 숲으로 뛰어 들어갔습니다."

"그 숲이 저곳이오?"

묵자가 손으로 회택정 앞에 우거진 숲을 가리켰다. 숲은 꽤나 빼곡했다.

"맞습니다. 숲으로 뛰어들자마자 저는 검은 옷을 입고 칼을 든 세 놈을 보았습니다. 제가 소리를 지르며 뛰어들자 두 놈은 저에게 달려들어 칼을 휘둘렀고, 한 놈은 큰아드님을 뒤쫓았습니다.

저는 두 놈이 휘두르는 칼을 내치고 몸을 굴려 빠져나간 뒤 큰아드님 쪽으로 달려갔습니다. 그때 큰아드님 앞에 있던 놈이 휘두른 칼이 큰아드님 옆구리를 파고들었습니다. 이미 온 몸 곳곳에 칼을 맞은 큰아드님은 그 칼을 맞고 맥없이 쓰러졌습니다. 저는 매섭게 소리를 지르며 그 놈에게 칼을 휘둘렀는데, 그 놈은 제 칼을 막더니 재빨리 뒤로 물러섰습니다. 세 놈이 모두 저를 보며 칼을 겨누었는데 마음 같아서 모조리 베어버리고 싶었지만, 큰아드님 몸이 안 좋아 보였습니다. 숨이 느려지고 몸 곳곳에서 피가 흘러서 잘못하다간 목숨을 잃을 듯 보였습니다. 하는 수 없이 재빨리 큰아드님을 들쳐 업고 도망쳤습니다. 제가 큰아드님을 업고 도망을 치자 세 놈도 저를 쫓아왔는데, 도망을 치면서 제가 있는 대로 소리를 지르자 더는 쫓아오지 않았습니다. 마침 제가 지르는 소리를 듣고 회림정 쪽에 있던 둘째 아드님과 만사위님이 뛰어 오셨고, 큰아드님 목숨을 살릴 수 있었습니다."

"검은 옷을 입었다는 놈들에 대해 더 자세히 말해주겠는가?"

묵자가 물었다.

"눈을 빼고는 온 몸을 검게 감싸서 몸이나 얼굴이 어떤지는 알 수가 없었습니다. 다만 한 놈은 전쟁터에서 잔뼈가 굵었고, 다른 두 놈은 칼을 배운 자들이긴 하나 전쟁을 해 본 자들이 아니었습니다."

"칼을 다루는 느낌이 다르던가?"

묵자가 다시 물었다.

"네, 아주 달랐습니다. 처음 저를 가로 막은 두 놈은 칼을 배우긴 했으되, 진짜 전쟁터에서 칼을 섞어 본 적이 없었습니다. 단 한 번 부딪쳤지만 바로 알 수 있었습니다. 그러나 제 칼을 받아낸 놈은 달랐습니다. 그놈은 저 못지않게 전쟁터에서 잔뼈가 굵은 놈이었습니다."

"진짜 그렇단 말이오? 아니면 그렇게 믿는다는 뜻이오?"

한비자가 날카롭게 물었다.

"둘 다입니다. 저 같이 오래 전쟁터에서 뒹군 칼잡이들은 전쟁터에서 쓰는 칼놀림과 무술로 익힌 칼놀림이 얼마나 다른지 압니다. 굳이 오래 부딪치지 않아도 됩니다. 딱 한 번만 부딪치면 느낌이 옵니다."

"한밤중에 단 한 번 칼을 부딪쳤는데 바로 알아차린단 말이오?"

한비자는 도저히 못 믿겠다는 얼굴이었다.

"칼만 부딪치지 않았습니다. 칼을 섞으면 몸도 같이 움직입니다. 오랫동안 싸움터에서 산 이는 몸이 다릅니다. 풍기는 기운도 다릅니다. 무엇보다 나중에 큰아드님 몸에 난 칼자국을 보았을 때도 전쟁터를 돌아다닌 자가 맞다는 생각이 들었습니다. 전쟁터에서 칼을 쓰는 자는 찌르거나 밴 뒤에 재빨리 칼을 거둬서 몸 가까이 둡니다. 내 몸에서 칼이 멀어지면 언제 어디서 적이 휘두르는 칼이 내게 파고들지 모르기 때문입니다. 그 놈은 큰아드님 옆구리를 찌르고는, 찌를 때보다 빠르게 칼을 뒤로 빼서 몸 가까이 붙였습니다. 제 칼을 받아낼 때도 저와 단 둘이 맞붙은 몸짓이 아니라 여럿과 싸우는 자세를 취했습니다."

"자네 말은 내가 겪은 바와 똑같네. 한비자 선생! 건위 말을 들으니 한 치 어긋남이 없이 맞습니다. 저도 오랫동안 싸움터를 돌아다니며 칼을 만졌는데, 딱 그대로입니다. 그렇다면 전쟁터에서 잔뼈가 굵은 한 놈과, 전쟁터에는 가지 않고 그냥 칼 쓰는 법을 익힌 두 놈이 함께 큰아들을 쳤다는 말인데……."

묵자는 말을 멈추고 깊이 생각에 잠겼다. 팔짱을 끼고 회택정 앞 숲을 눈으로 더듬었다.

"잠깐, 아까 듣기로는 둘째 아들과 첫째가 만나기로 했는데 약속한 곳이 엇갈려 못 만났다고 했지 않았나?"

묵자가 전문을 쳐다보았다.

"제가 그렇게 말했습니다."

내 옆에 있던 전문이 한 걸음 나서며 말했다.

"그런데 왜 둘째 아들과 맏사위는 회림정 쪽에서 같이 나타났지?"

"처음에 둘째가 첫째와 만나기로 약속하였는데, 둘째가 첫째와 만나러 가는 모습을 맏사위가 보고 같이 보고 싶다고 해서 둘째와 함께 회림정으로 나왔다고 합니다."

"무슨 일로 만나기로 했고, 약속한 곳은 어떻게 해서 엇갈렸지?"

"그건 저도 모릅니다. 둘째와 맏사위를 만나서 물어보시지요."

전문 목소리엔 힘이 있었다. 그렇고 그런 아랫사람처럼 보이지 않았다. 뭔지 모르지만 굳센 기운이 느껴졌고, 할 말과 하지 말아야 할 말을 뚜렷하게 나눌 줄 아는 똑똑함도 느껴졌다. 만만하게 볼 애가 아니었다. 이런 애가 내 옆에 붙어서 일이 어떻게 돌아가는지 살핀 뒤 전영 경대부에게 알린다고 생각하니 나도 모르게 어깨가 굳어졌다.

"그럼 그 두 사람을 만나러 가야겠군. 자네를 만나서 반가웠네. 이 일을 풀어낼 때까진 여기에 머무를 듯 하니 짬을 내서 한 번 보세."

묵자가 건위 어깨를 두드리며 말했다.

"고맙습니다."

건위는 몸을 크게 숙여 묵자에게 절을 한 뒤에 물러났다.

건위가 물러난 뒤에 우리는 둘째 아들이 있는 곳으로 먼저 움직였다.

"둘째 아들은 큰아들과 사이가 어떤가?"

둘째 아들이 있는 곳으로 가면서 맹자가 전문에게 물었다.

"됨됨이가 닮아서 죽이 맞기도 했지만, 두 분이 서로 많이 다투고 사이가 좋지 않았습니다."

전문이 말했다.

"됨됨이가 닮았다는 말은 큰아들 못지않게 백성을 함부로 대했다는 말이냐?"

맹자가 다시 물었다.

"그런 점이 없지 않았습니다."

"많이 다투었다는데 주로 무슨 일로 다투었느냐?"

"주로 이득을 누가 더 많이 차지하느냐를 두고 다툼이 일었습니다. 큰아들은 맏이임을 내세워 더 많이 가지려 했고, 둘째는 제가 이룬 공을 내세워 많이 가지려 했습니다."

전문은 거리낌없이 말했다. 이렇게 큰아들과 둘째를 두고 나쁜 소리를 했다는 말이 그들 귀에 들어가면 나중에 좋지 않을 텐데도 망설임이 없었다.

"그놈이 그놈이군."

묵자가 못마땅한 말투로 말했다.

나는 전문과 맹자가 나누는 말을 들으며 속으로 헤아려봤다. 큰아들이 죽으면 누가 가장 큰 이득을 얻을까? 전영 경대부는 여러 아내를 두었는데 아들만 40여 명이고, 사위들도 벌써 다섯이나 된다. 그 많은 아들과 사위 가운데 가장 큰 이득을 얻는 이를 찾기가 어려울 수도 있다. 그러나 따지고 보면 그리 어렵지 않다. 첫째 아들이 사라지면 둘째 아들이 경대부 뒤를 이어 설 땅을 다스린다. 그러니 가장 큰 이득을 얻는 이는 누가 뭐라고 해도 둘째 아들이다. 둘째 아들이 큰아들과 만나기로 한 곳을 헷갈렸다는 말도 의심스러웠다.

한참을 걸은 뒤 큰 문을 지나자 경대부가 있는 곳 못지않게 큰 집 한 채가 우리 앞에 버티고 섰다. 전문이 앞장서서 집 안으로 들어갔다. 조금 뒤 전문이 나왔고 우리는 함께 집 안으로 들어갔다. 한 가운데 긴 책상이 놓이고, 책상 옆으로 나무 의자가 나란히 놓여 있었다. 책상 끝에 아주 멋지게 꾸민 의자가 자리했고, 멋진 의자 뒤로 보이는 벽엔 금빛으로 수놓은 그림이 걸려 있었다. 다섯 사상가가 나무 의자에 앉은 뒤 나와 전문도 의자에 앉았다. 조금 뒤 안쪽 문이 열리며 한 사내가 들어왔다. 둘째 아들이었다. 둘째 아들 뒤로 쥐처럼 턱이 뾰족한 사내가 허리를 살짝 굽힌 채 따라 들어왔다.

둘째 아들이 들어오자 다섯 사상가들이 자리에서 일어났다. 그런데 둘째 아들은 본 척 만 척 하더니 아무 말도 않고 의자에 털썩 주저앉았다. 그리고는 몸을 뒤로 젖히고 귀찮은 얼굴로 다섯 사상가들을 훑어보았다. 깔보는 마음이 몸짓에서 뚜렷이 드러났다. 둘째 아들을 보니 저절로 마음이 언짢아졌다. 내가 그러니 다섯 사상가들은 오죽했으랴? 그러나 아무도 그런 마음을 겉으로 드러내지는 않았다.

"제 집에 뭐 하러 이렇게 몰려 오셨소?"

다섯 사상가들은 임금도 함부로 대하지 않는 분들이다. 경대부 둘째 아들밖에 안되는 놈이 저렇게 건방지게 굴다니, 속이 부글부글 끓었다.

"범인을 잡으러 왔지, 뭐 하러 왔겠소."

묵자가 시큰둥하게 쏘아붙였다.

"범인? 우리 집에서?"

둘째 아들은 한쪽 입 꼬리를 심하게 올리며 말했다.

"경대부께서 부탁을 해서 하는 일일 뿐이니 우리가 묻는 말에 있는 그대로 답해 주면 되오."

묵자는 굵은 목소리로 쏘아붙였다.

"뭐, 아버지가 시켰다니, 좋소! 물어보쇼!"

둘째 아들 몸짓과 말투는 건방지기 이를 데 없었다. 잘난 척하는 꼴이 하늘을 찔러서 눈꼴이 시렸다. 속이 뒤집히는 사람이 나만은 아닐 텐데 모두 아무렇지도 않은 듯 얼굴빛 한 점 흐트러뜨리지 않았다. 심지어 전문 입가에는 작은 웃음까지 걸렸다.

"그 날 형과 무슨 까닭으로 만나기로 하였소?"

묵자가 물었다. 형이라 함은 맏아들을 말한다.

"동생이 형과 만나는데 무슨 까닭이 있어? 그냥 만나면 만나는 거지."

"그래도 그날 만나자고 한 까닭은 있지 않겠소?"

"거 참, 못 알아듣네. 동생이 형이랑 만나는데 무슨 까닭이 있냐고. 그냥 형과 아우끼리 만나서 얘기나 하려고 했다니까."

둘째 아들은 그렇게 말하고는 제 뒤에 선 아랫사람 옆구리를 툭 쳤다.

"야! 저 사람들이 직하학사냐? 직하학사에 있는 사람들이 엄청 나다고 사람들이 떠들기에 내가 코웃음 쳤는데, 내가 맞지? 말을 해도 말귀를 못 알아들어! 그치 않냐?"

"……."

뒤에 선 아랫사람은 앞에 앉은 다섯 사상가들 눈치를 살폈다.

"야, 너 내 말에 대꾸 안 해!"

둘째가 소리를 버럭 질렀다.

"네, 도련님 말씀이 맞습니다."

턱이 뾰족한 이는 둘째 아들에게 밉보이지 않으려고 둘째 아들이 바라는 답을 했다. 참으로 불쌍하고 안쓰러웠다. 저런 더러운 놈을 모시고 지내려면 얼마나 끔찍할지 떠올리기만 해도 싫었다.

"거 봐! 내 말이 맞다고 하잖아. 아무튼 그건 됐고, 또 물어보쇼."

건방이 하늘을 찔렀다.

"회택정에서 만나기로 약속했다고 들었는데, 왜 회림정에서 기다렸소?"

"헷갈렸어."

이제 아예 말을 놓았다.

"오늘 뜰에 가보니 회택정과 회림정은 모양도 다르고 풍경도 사뭇 다르던데, 어떻게 헷갈렸는지 모르겠소."

"회림정, 회택정! 한 글자밖에 차이가 안 나잖아요. 당신 같으면 안 헷갈리겠소?"

둘째는 묵자를 당신이라고 불렀다. 마음 같아선 주먹으로 저 건방진 얼굴을 한 대 패주고 싶었다.

"처음엔 혼자 만나기로 했다던데, 맏사위와 함께 나간 까닭이 뭐요?"

"형 만나러 가는데 마침 얼굴이 보이기에 같이 가자고 했소. 얼굴이 까만 양반, 그게 뭔 잘못이오?"

'얼굴이 까만 양반'이라니, 감히 어떻게 묵자에게 저런 말을 쓴단 말인가? 아무리 그래도 제 아버지가 모셔온 손님이고, 제나라 임금도 함부로 하지 않는 분에게 저따위 막말을 내뱉다니, 개차반도 저런 개차반이 없었다.

그때였다. 꾹 참고 묻기만 하던 묵자가 사납게 노려봤다. 눈에서 붉은 빛이 쏟아져 나오는 듯했다. 둘째는 묵자와 눈빛을 마주하고는 화들짝 놀라더니 얼른 자리에서 일어났다.

"자, 다 물어본 듯 하니 저는 이만 갑니다. 야, 빨리 가자!"

둘째 아들은 엉덩이에 불이라도 붙은 듯 부리나케 안쪽 문을 열고 사라졌다.

둘째 아들이 사라진 뒤에도 한동안 다섯 사상가들은 둘째 아들이 사라진 쪽을 보기만 했다. 나도 모르게 입에서 한숨이 새어 나왔다.

"전영 경대부가 자식 농사를 크게 잘못 했군. 쯧쯧쯧!"

순자가 혀를 차며 말했다.

"사람은 타고난 됨됨이가 나쁘니, 바르게 이끌어서 옳은 길로 가게 만들어야 했는데, 어쩌다 저 꼴로 키웠는지~!"

순자 말에서 안타까움이 진하게 배어나왔다.

"경대부 둘째 아들이 못된 놈이긴 하나 타고난 됨됨이가 나쁘진 않으리라 봅니다. 사람이 어떻게 됨됨이가 나쁘게 태어나겠습니까? 사람은 타고나길 바르게 태어났으나 자라면서 옳음과 멀어졌을 뿐입니다."

맹자가 순자 말을 되받아쳤다.

"순자 선생님께서는 사람 됨됨이가 나쁘다고 하시는데, 왜 그리 생각하는지 말씀해주십시오."

전분이 몸가짐을 바르게 하며 물었다.

"생각해 보게. 사람은 누구나 욕심이 있다네. 돈이 없는 이는 돈이 많기를 바라고, 자리가 낮은 이는 높은 자리로 오르기를 바라고, 못생긴 이는 잘생기기를 바라네. 맛있는 먹을거리를 먹고 싶고, 마음 놓고 쉬고 싶고, 즐겁게 놀고 싶은 마음은 사람으로 태어나서 버릴 수가 없네. 내 배고픔은 내 배고픔일 뿐 다른 사람 배고픔이 아니네. 배가 고프면 먹고 싶고, 먹으면 내 배가 부르지 다른 사람 배가 부르지는 않네. 그러니 사람은 다들 제 몸과 마음이 좋고 이로움을 좋네. 사람이라면 다들 제 이로움을 좋으니 서로 다툼이 생길 수밖에 없고, 그 때문에 나쁜 짓을 벌이네. 사람이란 이처럼 제 이로움만 좋고, 욕심은 누구에게나 있기에 나는 사람 됨됨이가 태어날 때부터 나쁘다고 보았네."

"사람이 모두 다 나쁜 됨됨이를 지닌 채 태어났다면, 사람들이 착한 일을 하는 까닭은 무엇 때문입니까?"

전문이 다시 물었다.

"사람이 제 욕심만 좋으며 살면 다툼이 생기고 사람끼리 어울려 살 수가 없네. 사람들 가운데 거룩한 이들은 제 욕심만 좋지 않는 착한 마음을 얻었네. 그리하여 나쁜 마음을 지닌 이들을 바르게 이끌었지. 사람끼리 사는데 제 욕심만 좋으면 안 되니, 서로가 서로를 챙기고 아끼는 마음을 키우라고 가르치면서, 사람끼리 살아가면서 지켜야 할 틀을 만들었네. 거룩한 이들이 사람들끼리 바르게 어울리며 살아가도록 만든 틀을 '예(禮)'라고 부르네. 일찍이 공자께서는 '예(禮)가 아니면 말하지 말고, 예(禮)가 아니면 듣지 않으며, 예(禮)가 아니면 보지 않고, 예(禮)가 아니면 움직이지 말라'고 하셨네."

전문은 순자 말을 듣고 고개를 크게 끄덕였다.

"자네는 그 말을 마음에 두지 말게."

맹자가 또다시 나섰다.

"맹자 선생님은 생각이 다르십니까?"

"그렇다네. 사람은 결코 나쁘게 태어나지 않네. 아주 어린 아이가 우물가에서 놀다가 물에 빠지려는 모습을 떠올려 보게."

나는 맹자 말에 따라 생각을 해 봤다. 어린 아이가 우물가에서 놀다가 잘못하면 우물에 빠지려 하다니, 어이쿠! 그러면 큰일이다. 빨리 가서 구해야 한다.

"누구라도 구하려고 달려들 걸세. 그 아이를 구하려는 마음이 도대체 어디서 왔는가? 누가 가르쳐 주어서 왔는가? 거룩한 이들이 그렇게 하라고 시켰는가? 그 아이를 구하면 누가 돈이라도 준다던가? 아닐세! 오직 어린 아이가 우물에 빠져 죽으면 불쌍하다는 마음이 저절로 일어났을 뿐이네. 그 마음은 사람 바깥 어디에서 오지 않았네. 마음 안에서 일어났을 뿐! 그러니 사람은 처음부터 착하게 태어났다고 볼 수밖에 없네. 사람은 누구나 남이 큰 괴로움을 겪으면 모른 척하지 못하는 마음이 생긴다네. 우리는 이를 '측은지심(惻隱之心)'이라 하지. 측은지심은 사람이라면 모두에게 있다네. 측은지심뿐 아니라 잘못을 저지르면 부끄러워하는 마음, 웃어른을 섬기고 가족끼리 사이좋게 지내려는 마음, 옳고 그름을 가리는 마음도 모든 사람에게 다 있다네. 이렇듯 사람 마음 안엔 착함이 가득하니 태어날 때부터 착하다고 봐야 하지 않겠는가?"

순자가 한 말과는 딴판이었다. 그럼에도 고개가 끄덕여졌다. 도대체 순자와 맹자 말 가운데 누구 말이 맞단 말인가?

"사람이 착하게 태어났다면 훌륭한 임금이나 좋은 다스림 따위는 처음부터 없어도 됩니다. 맹자 선생 말대로라면 좋은 임금이 없더라도 다들 잘 살아야 하며, 좋은 가르침이 없어도 아무런 일이 일어나지 않아야 합니다. 우리가 사는 사회를 보십시오. 착한 사람이 얼마나 됩니까? 온통 제 이익만 좇지 않습니까? 전쟁이 끊임없이 벌어지고, 남을 짓밟고 저만 홀로 잘 살려고 안달입니다. 우리가 사는 사회는 사람이 나쁘게 태어났음을 잘 보여줍니다."

내가 사는 세상을 떠올리니 순자가 한 말이 맞았다. 오늘 날 우리가 사는 사회는 싸움이 끊임없이 일어나고, 서로가 서로를 속이고, 제 잇속만 차리려고 안달이다. 나만 해도 더 높은 곳에 오르려고 발버둥을 치지 않는가? 아무래도 순자 말이 맞는 듯했다.

"입이 좋은 맛을 바라고, 눈이 좋은 빛깔을 보고자하고, 귀는 좋은 소리를 듣고자 하고, 코가 좋은 냄새를 맡고자 하고, 몸이 느긋함을 바라는 마음은 순자 선생 말처럼 사람에게 있습니다. 그러나 그 마음은 목숨을 지닌 채 살아가는 모든 동물, 죽지 않고 살려는 목숨들에 모두 깃들었습니다. 사람은 동물과 다르게 뜻에 따라 움직입니다. 뜻 없이 사는 사람은 없습니다. 사람은 뜻을 품고 살기에 사람입니다. 착함은 바른 뜻으로 살려는 마음이니 오직 착함이 사람에게 깃든 참 됨됨이입니다."

맹자가 하는 말에는 힘이 있었다. 말 가운데 굳센 기운이 넘쳐

흘렀다. 논리보다는 그 기운이 나를 잡아끌었다. 그때 옆에서 묵묵히 듣던 한비자가 끼어들었다.

"맹자 선생 말처럼 사람에게 착하게 살려는 뜻이 없지는 않습니다. 그러나 사람은 거의 다 제 욕심에 따라 움직입니다. 욕심이 바른 뜻보다 큽니다. 욕망을 왜 눌러야 합니까? 욕망이 왜 잘못입니까? 욕망은 나쁘지도 착하지도 않습니다. 사람들은 욕망에 따라 살아갑니다. 욕망을 지닌 사람들이 욕망에 따라 살도록 두고, 나라를 다스리는 이는 욕망을 쓸모에 맞게 잘 이끌면 됩니다.

'이회'라는 이가 위나라에서 벼슬을 할 때입니다. 이회는 모든 백성들에게 활쏘기를 가르치려 했습니다. 힘이 센 나라가 쳐들어올 때 모든 백성이 활을 잘 쏘면 나라를 지키는데 큰 힘이 되기 때문입니다. 그러나 아무리 활쏘기를 가르치려 해도 백성들은 제 일에 바빠서 활쏘기를 배우려 하지 않았습니다. 그래서 이회는 꾀를 냈습니다. 백성들한테 알리기를 '앞으로 재판이 붙었을 때 판결을 내리기 어려우면 서로 활을 쏘아 과녁을 맞힌 사람이 이기게 하겠다'고 했습니다. 재판을 활쏘기로 하겠다고 하니 백성들은 깜짝 놀랐습니다. 너도나도 활쏘기를 익혔습니다. 얼마 뒤 다른 나라와 큰 싸움이 났는데 백성들이 모두 활을 잘 쏘아서 전쟁에서 이겼습니다. 이처럼 사람은 제 욕망을 좇아 움직인다는 점을 받아들이고, 욕망을 알맞게 써먹으면 나라를 아주 잘 다스릴 수 있습니다."

한비자 말을 듣고 나는 입이 쩍 벌어졌다. 이회라는 사람이 정말 뛰어나다는 생각이 들었기 때문이다. 그러나 맹자는 고개를 세차게 흔들었다.

"한비자 선생은 하나만 보고 나머진 보지 못했소. 그렇게 활쏘기를 익혀 전쟁에서 이길 수는 있소. 그러나 재판은 어찌 되겠소? 옳고 그름을 뚜렷하게 판결하기 어려운 재판이 어디 한둘이오? 그럴 때마다 활쏘기로 판결이 난다면 점차 백성들은 옳고 그름보다는 활쏘기에 빠질 테고, 활을 잘 쏘는 사람은 다른 사람과 일부러 다투어 그 사람 재산을 빼앗으려 들지도 모릅니다."

나도 모르게 입에서 '아~!' 소리가 나왔다. 내가 미처 생각지도 못했던 점이었다.

"윗사람이 이익을 말하면, 아랫사람도 이익을 말하게 됩니다. 윗사람이 이익을 좇으면 아랫사람도 이익을 좇습니다. 모두가 이익을 말하고, 이익을 좇으면 어찌 될까요? 서로 어울리지 못하고, 제 몫만 찾으려고 하면서 다툼이 끊이지 않게 일어납니다. 신하가 임금을 치고, 아랫사람이 윗사람을 치고, 이웃사람이 옆집 재산을 노리는 일이 끊임없이 벌어집니다. 이익만 좇는 사회 속에서 사람은 살아남으려고 더욱더 나쁜 짓을 일삼게 됩니다. 그러니 이익을 좇으면 안 되고, 오직 바름을 좇아야 합니다."

"말은 참 좋습니다."

순자가 삐딱하게 말했다.

"맹자 선생 말은 말만 들으면 참 옳습니다. 그러나 그냥 말일 뿐입니다. 경대부 둘째 아들을 보십시오. 저 자에게 착한 면이 보이던가요? 저자는 뼛속깊이 나쁜 녀석입니다. 예의가 없고, 위아래가 없습니다. 사람들은 그대로 놔두면 다 저런 못된 놈이 되지만, 예의를 익히면 참사람이 됩니다. 사람을 짐승과 다르게 만드는 예의, 제도, 법 등이 사람에게 꼭 있어야 합니다."

순자 말이 끝나자 곧바로 맹자가 되받아치려고 나섰다.

"순자 선생 말처럼……."

"잠깐만 맹자 선생!"

묵묵히 듣고 있던 장자가 맹자 말을 가로막았다.

"토론은 재미있게 잘 들었습니다. 그나저나 이렇게 길게 토론을 벌이다가 범인은 언제 잡습니까? 토론이야 직하로 돌아가서 해도 되니 이제 그만 범인을 잡으러 가시지요."

장자가 웃으며 말했다. 다들 토론을 더 이어가고 싶은 눈치였지만 어쩔 수 없이 멈추었다.

"그나저나 버릇없는 둘째 아들은 칼부림과 얽혔는지, 안 얽혔는지 알 수가 없군요."

장자가 일어나며 툭 내뱉었다.

05
다섯 명의 셜록 홈즈, 토론하고 추론하다

둘째 아들 집과는 느낌이 아주 달랐다. 크고 겉치레만 가득했던 둘째 아들 집과 달리 맏사위 집은 꾸밈없고 수수했다. 넓은 마당에는 십여 명이나 되는 무사들이 큰소리를 지르며 무예를 갈고 닦았다. 무사들이 지르는 소리가 하도 우렁차서 귀가 먹먹했다. 전문이 집으로 들어가고 조금 뒤 한 사내가 나왔다. 맏사위였다. 맏사위는 전영 경대부를 따라다니며 전쟁터를 누비던 아랫사람이었는데, 전영 경대부가 마음에 들어서 사위로 삼았다는 이야기를 들은 적이 있다.

소문대로 맏사위는 몸이 단단하고 얼굴에 굳센 기운이 넘쳐흘렀다. 묵자와 엇비슷하다는 첫 느낌이 들었지만 자세히 보니 아주 달랐다. 묵자는 꾸밈없고 묵직해서 농민이나 하급 무사와 가까운 느낌이 들었지만, 맏사위는 옷차림은 수수해도 귀족 느낌이 물씬 풍겼다.

"저 같이 칼만 휘두를 줄 아는 사람이 이처럼 온 누리에 이름이 널리 알려진 거룩한 선생님들을 다섯 분이나 한꺼번에 뵙게 되다니, 정말 몸 둘 바를 모르겠습니다."

맏사위는 몸을 한껏 숙이고 절을 한 뒤에 이렇게 말했다.

버릇이라곤 찾아볼 수 없는 둘째 아들을 만난 뒤라서 그런지 몰라도 맏사위가 정말 예의바르게 느껴졌다. 맏사위는 큰 절을 한 뒤에 일일이 다섯 사상가들과 눈을 마주치며 사상가들이 누군지 소개를 받았다. 마지막이 묵자였는데 묵자를 소개받고 나자 맏사위 얼굴이 크게 바뀌었다.

"크신 이름을 듣고 오랫동안 뵙기를 바랐습니다. 오늘 드디어 제 바람이 이루어지니 기쁘기 그지없습니다."

"이름이 널리 알려져 봤자 무슨 쓸모가 있겠습니까? 사람들 입길에 오른 이름은 때가 지나면 금방 잊히기 마련입니다."

묵자는 덤덤하게 말을 받았다.

"묵자 선생께서는 성을 지키는 데 뛰어난 재주를 지녔다고 들었습니다."

맏사위 말에서 풍기는 기운이 달라졌다. 설렘은 같았지만 앞에는 떨림과 우러러보는 느낌이 짙었고, 뒤에 한 말은 재주를 겨뤄보고 싶다는 느낌이 짙었다.

"많은 이들이 그렇게 말합니다."

"저는 오랫동안 전쟁터를 다니면서 수많은 성들을 무너뜨리고 그곳을 차지했습니다. 다들 차지할 수 없으리라고 말한 성도 시간이 걸리긴 했지만 마지막엔 차지하고 말았습니다. 그런데 듣자하니 묵자 선생께서는 성을 지키는 재주가 그 누구보다 뛰어나다 하니, 그 재주가 몹시 궁금합니다. 제가 칼이라면 묵자 선생님은 방패라 볼 수 있는데, 칼과 방패가 부딪치면 어떻게 될까요?"

만사위는 대놓고 묵자와 재주를 겨루고 싶다는 뜻을 드러냈다.

"좋습니다. 어디 해보시지요."

묵자는 바닥에 띠를 동그랗게 둘렀다.

"띠를 두른 안을 성이라 하지요. 제가 성을 지킬 테니 치고 들어와 보시지요."

묵자와 만사위가 겨루자 마당에서 무예를 닦던 무사들도 둘레로 모여들었다. 다른 사상가들도 가까운 곳에서 지켜봤다. 만사위가 성을 치고 들어가는 방법을 말하면 묵자는 막아내는 방법을 말했다. 만사위는 스무 가지가 넘는 방법을 말했는데 그때마다 묵자는 아주 가볍게 막아냈다. 겨루기가 거듭될수록 만사위 얼굴은 붉어지고, 묵자 얼굴은 부드러워졌다. 마지막 방법이 막히자 만사위는 하늘을 보며 깊은 숨을 내쉬었다.

"제가 쓰지 않은 마지막 방법이 하나 있긴 합니다만……."

그렇게 말하고서도 만사위는 그 방법을 말하지 않았다. 그저 허리춤에 찬 칼을 몇 번 쓰다듬기만 했다. 둘레에 있던 무사 한 사람이 참지 못하고 맏사위에게 물었다.

"대장님, 그 방법이 무엇입니까?"

그럼에도 맏사위는 아무런 대꾸를 하지 않았다.

"그 방법이 무엇인지는 제가 알지요."

묵자가 말했다.

"그게 도대체 무엇입니까?"

무사가 궁금해서 미치겠다는 말투로 물었다.

"저를 죽이면 되지요."

"네?"

듣는 사람들이 다들 깜짝 놀랐다.

"저를 죽이면 제가 성을 막아낼 수 없게 됩니다. 그래서 저렇게 칼을 쓰다듬는 거랍니다."

맏사위는 칼자루에서 손을 뗐다.

"저와 똑같은 재주를 지닌 벗이 수백 명이나 됩니다. 그러니 저를 죽여 봤자 아무런 쓸모가 없습니다."

묵자 말을 들은 맏사위는 쓴 입맛을 다셨다.

"전쟁을 일으키는 이들은 전쟁에서 이길 수 있다고 믿습니다. 이겨서 큰 이득을 얻는다고 믿기에 전쟁을 일으킵니다. 그저 싸움이 좋아서 전쟁을 일으키는 사람은 없습니다. 저와 벗들이 성을 지키는 재주를 끊임없이 갈고닦은 까닭은 전쟁을 막기 위해섭니다. 전쟁을 일으켜도 성을 차지할 수 없다면, 전쟁을 일으키고도 이득을 얻을 수 없다면, 전쟁을 일으키지 못하리라 믿기 때문입니다. 무엇보다 공격을 당한 백성들을 지켜야 하기에 성을 막는 재주를 갈고닦았습니다."

묵자 말을 듣고 나니 저절로 우러러보는 마음이 일었다. 성을 지켜내는 재주도 놀라웠지만 성을 지켜내는 재주를 기른 뜻이 더욱 놀라웠다. 처음부터 끝까지 묵자는 백성들 편에 서서, 백성들을 지키고, 백성들이 더 잘 살게 만드는데 온 힘을 쏟는 사람이었다. 전쟁터를 누빈 까닭도 전쟁이 벌어지면 수없이 많은 백성들이 죽기 때문이었다.

"그나저나 저를 왜 찾아오셨습니까?"

"사람 많은 데서 나눌 얘기는 아니니 안으로 들어갑시다."

묵자 말에 따라 다섯 사상가와 나, 전문, 그리고 맏사위는 집 안으로 들어갔다. 맏사위가 우리를 이끌고 들어간 방은 수수했다. 겉모습뿐 아니라 안쪽도 둘째 아들 집과는 뚜렷하게 달랐다. 벽에 걸린 낡고 단단해 보이는 긴 창이 유달리 눈에 띄었다. 자리에 앉자 전문이 다섯 사상가들이 온 까닭을 맏사위에게 들려주었다.

"그러니까 저에게 온 까닭이 제가 그곳에 있었기 때문입니까? 아니면 제가 큰 처남에게 칼을 휘두른 사람이 아닌지 의심하기 때문입니까?"

묵자와 겨루면서도 부드러웠던 맏사위 말투가 거칠게 바뀌었다.

"칼을 휘두른 사람이라고 의심하지는 않습니다. 둘째 아들과 같이 회림정에 있었고, 뒤늦게 회택정 쪽으로 뛰어왔다는 이야기는 이미 들었습니다."

묵자가 만사위를 부드럽게 달랬다.

"전 회림정에서 둘째 처남과 같이 있었고, 날카로운 소리를 듣고 뛰어갔습니다."

"맏아들 목소리였습니까?"

"아닙니다. 큰 처남은 그렇게 큰 소리를 지르지 못합니다. 회택정 쪽에서 나는 소리는 웬만해선 회림정에서는 들리지도 않습니다. 엄청나게 크게 외쳐야만 겨우 소리가 들립니다. 이 집에서 그렇게 큰 소리를 지를 수 있는 사람은 경대부님을 따르는 건위밖에 없습니다. 건위와 저는 전쟁터에서 오래도록 함께 했습니다. 그랬기에 건위가 내지른 소리임을 알았고, 건위가 이 집안에서 저렇게 크게 소리를 지른다면 아주 나쁜 일이 벌어지고 있다는 생각이 들어서 뛰어갔습니다. 서둘러 갔더니 건위가 큰 처남을 업고 미친 듯이 소리를 지르며 뛰는 모습이 멀리 보였습니다."

"검은 옷을 입은 놈들은 보이지 않았소?"

"못 봤습니다."

"그 뒤론 어떻게 됐소?"

"건위를 뒤따라 뛰었고, 의원에게 가서 큰 처남이 치료를 받게 해주었습니다. 그리고 곧바로 회택정 쪽으로 와서 둘레를 살폈습니다.”

“무엇이 있던가요?”

“핏자국밖에 없었습니다. 회택정에서 내려오는 계단에 첫 핏자국이 있었고, 몇 방울씩 떨어져서 숲속으로 이어졌습니다. 숲속에서 핏자국을 찾기는 어려웠는데, 한 곳에서 아주 많은 피를 찾아냈습니다. 아마 그곳에서 큰 처남이 크게 칼을 맞은 듯했습니다.”

그때 가만히 듣기만 하던 한비자가 끼어들었다.

“맏사위께서 아주 오랫동안 전쟁터를 누볐다고 들었소. 그렇다면 맏사위 아래에도 함께 전쟁터를 누비던 사람이 많겠군요?”

“물론입니다. 그들은 제 아랫사람이라기보다는 저와 뜻을 같이하는 벗들이라고 해야 합니다. 그들과 저는 한 몸이나 다름없습니다.”

“건위가 말하길, 검은 옷을 입은 놈들 가운데 한 명과 칼을 섞었는데 전쟁터에서 잔뼈가 굵은 느낌이 들었다고 합니다. 그렇다면 맏사위 아랫사람 가운데 한 명이 아닙니까?”

“무슨 소립니까?”

맏사위가 책상을 쾅 치며 벌떡 일어났다.

“제 벗들을 함부로 못된 놈으로 만들지 마십시오. 그들은 오직 경대부님만 모시고 전쟁터에 목숨을 걸고 다닌 제 오랜 벗입니다. 그들은 적을 칠 때는 호랑이와 같지만, 우리 식구들을 대할 때는 토끼와 같습니다. 그런 말을 또다시 한다면 제가 가만히 있지 않겠습니다.”

만사위가 하도 거세게 말해서인지 몰라도 한비자는 입을 다물고 몸을 살짝 뒤로 뺐다.

“범인이 아니라고 뚜렷하게 드러나기 전까지는 누구라도 의심할 수밖에 없소.”

순자가 말을 꺼냈다.

“만사위께서는 건위 말을 어떻게 생각하십니까? 건위는 칼을 한 번 섞고 나서 검은 옷을 입안 놈이 전쟁터에서 잔뼈가 굵었다고 알아차렸습니다. 그 말이 그럴듯합니까?”

“건위가 그렇게 말했다면 틀리지 않으리라 생각합니다. 건위는 아주 먼 곳에서 나는 피 냄새도 맡습니다. 수없이 많은 전쟁을 치렀기에 싸움이라면 이골이 난 무사입니다.”

“만사위 아랫사람 말고 이 집에 건위와 맞설 만큼 칼을 잘 다루는 사람이 있습니까?”

“건위와 맞설 만큼 칼을 잘 다루는 이는 제 벗들 가운데서도 셋밖에 안 됩니다. 제가 알기론 경대부님을 따르는 식솔 가운데서도 한 손가락으로 꼽을 만큼 적습니다. 그렇지만 경대부님 식솔이 천 명 가까이 되니 제가 아는 이가 모두라고 말할 수는 없습니다. 식솔 가운데 숨겨진 재주를 지니고 있는 사람이 얼마나 될지는 저도 모릅니다. 제 재주를 감추고 때를 기다리는 재주꾼은 어디든 있기 마련이지요.”

"알겠습니다. 그렇다면 일단 건위와 맞설 만한 재주를 지닌 세 사람을 우리가 만나 봐도 되겠소?"

순자가 물었다.

"만나지 않아도 되고, 만날 수도 없습니다. 세 사람은 그 일이 일어나기 몇 시간 전에 제 심부름을 하러 멀리 떠났습니다. 열흘 뒤에나 옵니다."

"그럼 식솔 가운데 칼을 잘 쓰는 이들이 누군지 아는 대로 말해 주겠소?"

"그럴 수 없습니다. 저는 그저 그들이 전쟁터를 오랫동안 누볐고, 그리하여 칼을 잘 다룬다는 점만 알 뿐입니다. 제가 그들 이름을 댄다면 그들과 저는 사이가 틀어지고, 저 때문에 의심을 받았다면서 저에게 나쁜 마음을 품을 수도 있습니다. 저는 전쟁터를 누비는 사람입니다. 저에게 나쁜 마음을 품은 사람들을 제 등 뒤에 두고 전쟁터에 갈 수는 없습니다. 그러니 저는 아무런 말씀도 드릴 수 없습니다."

만사위 말이 그럴 듯했기에 다들 고개를 끄덕였다.

"그날 밤, 둘째 아들과 회림정으로 갔다고 했는데, 왜 갔소?"

순자가 다시 물었다.

"둘째 처남이 큰 처남을 만나러 간다고 하기에 같이 보자고 했습니다. 둘째 처남이 회림정으로 걸어가기에 저는 같이 따라가기만 했습니다."

"처음에 만나기로 한 곳이 회택정이라는 이야기는 들었소?"

"일이 터지고 한참 뒤에야 들었습니다."

"맏아들과는 무슨 이야기를 나누려고 하였소?"

"꼭 무슨 말을 하려고 만나겠습니까? 처남과 사위가 남다른 까닭이 있어야만 만나지는 않지요."

갑자기 맏사위가 자리에 일어났다.

"이제 물어볼 말씀은 다 하셨지요? 다 끝난 듯 하니 저는 이만 나가보겠습니다."

그렇게 말하고는 자리를 떴다.

그때 맹자가 나섰다.

"마지막으로 묻고 싶은 말이 있소."

"네, 물어보십시오."

"맏아들과 사이는 어땠소?"

맹자 물음을 들은 맏사위 얼굴이 묘하게 일그러졌다.

"좋지도, 나쁘지도 않았습니다."

"좋지도 나쁘지도 않았다니, 애매한 말이군요."

"저는 전쟁에서 수많은 공을 세웠습니다. 경대부님을 모시고 다니다 목숨을 잃을 뻔 일도 많았습니다. 저는 그저 그런 집안에서 태어났기에 목숨을 걸고 공을 세워서 이 자리에 섰습니다. 그렇지만, 큰 처남은 태어나길 경대부 큰아들로 태어났을 뿐입니다. 저와 첫걸음부터 다른 사람이 큰 처남입니다. 그러니 아주 가깝게 지내기는 어렵습니다. 그렇다고 큰 처남과 멀 까닭도 없습니다. 저는 어쨌든 경대부님 사위니까요."

그렇게 말하고는 맏사위는 몇 걸음 옮겼다.

"저는 바쁜 일이 있어서 이만 가보겠습니다. 훌륭하신 선생님들 말씀은 다음에 듣겠습니다."

맏사위는 몸을 깊이 숙여 절을 하고는 밖으로 나갔고, 다섯 사상가들은 다시 자리에 앉았다. 나와 전문은 자리에 앉지는 않고 둘레에 서서 사상가들을 지켜보았다.

"예의를 아는 사람이군요."

순자가 말했다.

"야망이 큰 사람입니다."

한비자가 말했다.

"이익만 좇는 사람입니다."

맹자가 말했다.

"전쟁을 좋아하는 사람입니다."

묵자가 말했다.

장자는 아무 말도 하지 않았다.

"맏사위 아랫사람 가운데 칼을 잘 쓰는 셋이 있다고 했소. 그 가운데 한 사람이 맏아들을 치는데 갔을 수 있습니다."

"일이 터지기 몇 시간 전에 먼 길을 떠났다고 하지 않습니까?"

"알 수가 없지요. 둘은 멀리 떠났지만 한 명은 몰래 머물 수도 있습니다. 아니면 일을 저지르고 난 뒤에 뒤를 따라 갔을지도 모르지요."

"말은 그럴싸하지만 뒷받침할 만한 증거가 없습니다."

"야망이 큰 사람입니다. 큰 공을 세웠는데도 맏아들이 경대부 뒤를 잇는다고 하니 몹시 노여웠겠죠."

"전쟁을 좋아하고 이익을 좇는 사람이니 제 이익을 얻으려고 무슨 일이라도 벌일 사람입니다."

사상가들 말을 들으니 맏사위가 이번 일과 세게 얽힌 듯했다. 그러나 여전히 풀리지 않는 물음이 남았다. 먼저 맏사위는 둘째 아들을 뒤쫓아서 왔다. 맏사위는 둘째 아들과 맏아들이 회림정에서 만나는 줄 알았다. 맏아들과 회림정에서 만나는 줄 알았는데 회택정으로 칼잡이를 보냈을 까닭이 없다. 또한 맏사위가 칼잡이를 보냈다면 아주 뛰어난 칼잡이 셋을 모두 보내지 한 사람만 보냈을 리 없다. 무엇보다 맏사위가 큰아들을 없앤다고 해도 경대부 자리를 맏사위가 물려받으리란 보장은 없다. 경대부 아들이 40여 명인데다 사위도 여러 명이니 쉽지 않다. 잘못해서 큰아들을 친 사람이 맏사위라고 드러나기라도 하면 목숨을 잃을 수도 있다. 그러니 맏사위가 아랫사람을 시켜서 일을 저질렀다고 딱 부러지게 말할 수는 없었다. 사상가들도 이를 아는 듯했다. 그랬기에 다들 말없이 가만히 있었다.

"아무튼 저렇게 전쟁을 좋아하고, 전쟁에서 세운 공을 자랑스러워하다니, 마음에 안 듭니다. 전쟁은 백성을 괴롭히는 가장 나쁜 짓입니다. 전쟁은 아무리 그럴듯한 까닭을 내세워도 모두 나쁩니다. 전쟁을 일으키는 왕과 귀족들은 모두 도적입니다. 다른 사람 집에 들어가는 사람에겐 벌을 주면서, 다른 나라를 쳐들어가는 짓을 벌이면 큰 공을 세웠다고 하니 참으로 어처구니가 없습니다. 도둑이 작은 죄를 지었다면, 전쟁을 일으킨 자는 아주 큰 죄를 저질렀다고 해야 맞습니다.”

묵자 말투에서는 전쟁을 미워하고 백성을 아끼는 마음, 전쟁 승리를 큰 공으로 여기는 맏사위를 못마땅하게 여기는 마음이 진하게 묻어났다.

“묵자 선생 말씀은 말로만 그럴싸할 뿐입니다. 어차피 우리는 싸움이 하루도 끊이지 않는 때를 삽니다. 전쟁을 하지 않으면 좋겠지만 할 수밖에 없는 시대를 살기에 전쟁을 잘 하는 이가 높은 자리를 차지함이 마땅합니다. 옛날 사람들은 다툼 없이 잘 어울려 살았습니다. 그때로 되돌아가면 참 좋겠지요. 그러나 그때는 이미 지나갔습니다. 이제는 다툼과 싸움에서 이겨야만 하는 때입니다.”

한비자는 차분하게 제 생각을 펼쳐냈다.

“송나라에 어떤 농부가 밭을 갈다가 힘이 들어서 나무 아래서 쉬고 있었습니다. 그때 갑자기 토끼 한 마리가 뛰어오다가 밭 가운데 있는 나무에 부딪쳐 목이 부러져 죽었습니다. 가만히 누워 있는데 복이 저절로 굴러들어왔습니다. 나무 밑에서 쉬다가 토끼를 공짜로 얻은 농부는 가만히 생각했습니다. '내가 하루 종일 일해도 얼마 못 버는데, 이 나무 밑에서 가만히 기다리기만 해도 토끼가 와서 죽었어. 이제부터 토끼를 기다리면 훨씬 이익이 되지 않을까? 푹 쉬고, 토끼는 토끼대로 얻고' 이렇게 생각하고는 그 뒤로 나무 밑에 앉아서 토끼가 와서 나무에 부딪쳐 죽기만 기다렸습니다. 그렇지만 토끼가 다시 나무에 와서 부딪쳐 죽을 리가 없지요. 그렇게 나무 밑에서 토끼를 기다리던 농부는 굶어 죽고 말았습니다."

나무 밑에 앉아 토끼를 기다린 이야기(수주대토 守株待兔) 속 농부는 어리석다. 토끼가 한 번 와서 죽었다고 또 죽으리란 법이 없다. 토끼가 죽은 일은 어쩌다 일어난 옛일이다. 다시 일어나지 않는다. 나는 한비자가 하는 말에 담긴 뜻을 어렴풋이 알아차렸다.

"잘 어울려 살던 옛일을 자꾸 말해봐야 아무 쓸모가 없습니다. 전쟁이 없던 때를 아무리 그리워해 봐야 아무 쓸모가 없습니다. 오늘날은 전쟁이 끊임없이 벌어집니다. 이럴 때에는 전쟁을 잘 이끄는 이가 높은 자리에 올라야 합니다. 맏사위는 뛰어난 사람입니다. 맏아들은 그저 맏아들로 태어났을 뿐입니다. 그런 사람에게 경대부 자리를 물려줘서는 안 됩니다. 둘째와 같은 개망나니에게 둘째로 태어났다고 해서 재산을 물려주어서도 안 됩니다. 옛날에는 자식에게 돈과 자리를 물려주어도 괜찮았지만, 싸움과 다툼이 늘 일어나는 오늘날에는 재주 있는 사람에게 돈과 자리를 물려주어야 합니다. 그래야 나라 힘이 세집니다."

한비자가 내뱉는 한 마디 한 마디가 내 가슴을 쑤셨다. 나도 별 볼일 없는 집에서 태어났다. 든든한 집안이 없으니 그냥 내 힘으로 위로 올라가야 한다. 안타깝게도 이 나라는 재주보다는 어떤 집안에서 태어났느냐를 더 쳐준다. 경대부 둘째 아들과 같은 개망나니는 아버지 잘 만나서 잘난 척한다. 사람 같지 않은 놈이 아버지 힘을 믿고 나댄다. 같잖은 놈이다. 한비자는 그래선 안 된다고 말했다. 내 생각이 바로 한비자 생각이었다.

"아버지 자리를 아들이 그대로 물려받는 일은 옳지 않습니다. 그 점에선 저도 한비자 선생과 생각이 같습니다. 그러나 재주가 뛰어난 이가 윗자리를 다 차지해서도 안 됩니다. 사람은 다 귀합니다. 우리는 모든 사람을 똑같이 사랑해야 합니다. 사람을 사랑하고 아끼는데 차별을 두어서는 안 됩니다."

묵자 목소리에 힘이 들어갔다.

"오늘날에는 큰 나라가 작은 나라를 치고, 힘이 센 이가 약한 이를 괴롭히고, 많이 모인 사람들이 적게 모인 사람들을 못살게 굴고, 높은 자리에 있는 이가 낮은 자리에 있는 이를 함부로 다루고, 약아빠진 놈이 착한 사람을 속여 먹는 짓이 하루도 끊이지 않고 벌어집니다. 한비자 선생은 이러한 일들을 그대로 두어야 한다고 보십니까? 아니 이러한 차별이 옳다고 보십니까? 저는 옳다고 보지 않습니다. 그대로 두어서는 안 된다고 봅니다."

한비자는 아무런 대꾸도 하지 않았다.

"사람은 다 귀합니다. 사람을 똑같이 다 사랑해야 합니다. 신분에 따라 위와 아래가 나뉘지 않고, 돈에 따라서 위와 아래가 나뉘지 않고, 힘에 따라서 위와 아래가 나뉘지 않는 나라가 되어야 합니다. 서로 베풀고, 힘을 합쳐 살아야 합니다."

묵자 목소리가 점점 커졌다.

"이것이 바로 겸애(兼愛)입니다. 모두 사랑하기! 사람을 다 똑같이 사랑하기! 그 마음이야 말로 우리가 꼭 지켜야 할 올바른 길입니다."

한비자가 어둠을 그대로 둔 채 거기서 살아남는 길을 알려주었다면, 묵자는 어둠을 몰아내고 나아갈 길을 알려주는 듯했다. 묵자가 한 말이 언뜻 옳은 듯했지만 잘 받아들여지지는 않았다.

묵자 말처럼 사람이 다 똑같을까? 내 생각은 그렇지 않다. 사람은 다 다르다. 타고난 재주도 다르고, 태어난 곳도 다르고, 생김새도 다르다. 다 다른데 어떻게 사람이 다 똑같단 말인가? 사람은 다 다르니 그에 맞게 차별함이 옳지 않을까?

"사람이 귀하다는 말씀, 저도 같은 생각입니다."

맹자가 나섰다.

"백성이 하늘이지요. 백성을 섬겨야 합니다."

묵자는 맹자 말을 듣자 힘차게 고개를 끄덕였다.

"그러나 섬긴다고 해서 모두 같은 노릇을 해야 한다고 보지는 않습니다. 일찍이 공자님께서는 군군신신부부자자(君君臣臣父父子子)라고 말씀하셨습니다. 임금은 임금답게, 신하는 신하답게, 어버이는 어버이답게, 자식은 자식답게 제 노릇을 하면, 우리 삶에서 어긋날 일이 하나도 생기지 않는다고 했습니다. 사람은 다 제 맡은 바 노릇을 해야 합니다. 사람은 모두 귀하지만 제가 해야 할 노릇은 따로 있습니다. 구별이 있어야 합니다. 사람은 모두 귀하지만 다 다르기에 그 다름에 맞게 제 노릇을 주어야 합니다. 선비는 백성을 다스리고 나라를 이끌어서 백성을 배불리 먹을 수 있도록 해야 합니다. 백성은 농사를 짓고 물건을 만들며 세금을 바쳐야 합니다. 임금은 나라를 옳게 다스리고 신하는 임금을 바르게 모셔야 합니다. 그렇게만 된다면 왜 나쁜 일이 생기겠습니까?"

맹자 말을 듣고 묵자는 못마땅한 얼굴빛을 숨기지 않았다.

"어찌 선비만 나라를 다스리고 백성을 이끈단 말입니까? 백성은 그저 농사나 짓고, 물건만 만들며, 세금만 바치면 끝입니까? 백성에게 차별을 두면 위와 아래가 생기고, 위와 아래가 생기면 반드시 좋지 않은 일이 일어납니다. 스스로가 위라고 여기는 사람이 아래인 사람을 어찌 대하겠습니까? 몇몇 착한 윗사람들이야 아랫사람에게 잘 해주겠지만, 거의 모든 윗사람들은 아랫사람을 부려먹으려 하고, 벗겨먹으려 합니다. 이때까지 사람 사는 모습을 지켜보면 다 그랬습니다."

"그래서 군자가 되어야 합니다. 바른 마음을 키우려고 애써야 합니다."

"바른 마음이 아니라 예의가 서야지요."

순자가 맹자 말에 어깃장을 놓았다.

"바른 마음은 그저 사람 마음속에 머물 뿐입니다. 사람 마음이 옳고 그른지, 마음을 제대로 닦았는지 어찌 알겠습니까? 곧고 바른 마음이 겉으로 드러났을 때를 우리는 예의라고 합니다. 예의를 갖춰야죠. 예의를 가르쳐야 하며, 예의를 제대로 세워야 합니다. 조금 전 맏아들은 싸움을 좋아하고 명예를 좇습니다. 그러나 예의는 바릅니다. 둘째 아들은 예의가 없습니다. 바로 그 점이 둘을 아주 다른 사람으로 만듭니다. 예의는 그릇입니다. 살아가는 틀입니다. 물론 마음이 알맹이지요. 그러나 쌀도 껍질이 있어야 속이 꽉 차고, 과일도 껍질이 있어야 속살이 생기 듯 예의를 바로 세우면 삶이 바르게 되고, 사람들 삶이 바르게 되면 온 누리가 바르게 됩니다."

순자 말이 끝나자 이번에는 한비자가 뒷말을 달았다.

"예의가 아니라 법이어야 합니다. 예의를 아무리 가르쳐도 사람들은 예의를 지키지 않습니다. 법을 세워야 사람들이 지킵니다. 지키든 안 지키든 벌을 받지 않는다면 누가 예의를 지키겠습니까? 도둑에게 예의를 가르친다고 예의를 지키겠습니까? 도둑에겐 벌을 내려야 합니다. 벌을 내리면 도둑이 사라집니다."

한비자 말이 끝나자마자 맹자가 치고 들어왔다.

"도둑질을 하는 까닭은 법이 없어서도 아니요, 예의를 몰라서도 아닙니다. 도둑질은 배가 고파서 합니다. 백성을 배불리 먹이고, 백성을 돌보는 정치가 잘 되면 도둑이 왜 있겠습니까? 선비들이 나라를 제대로 다스리지 못하고, 임금이 임금 노릇을 못할 때 도둑이 생깁니다. 그런데 왜 도둑에게 잘못을 묻습니까?"

맹자 말이 끝나자마자 묵자가 말꼬리를 잡았다.

"도대체 누가 백성을 배불리 먹인단 말입니까? 백성이 거지입니까? 농사는 백성들이 짓습니다. 백성들이 거둔 먹을거리를 귀족이나 임금이 뺏어가지 않으면 백성들이 굶주릴 까닭이 없습니다. 도둑이 생기는 까닭은 따지고 보면 사람을 위와 아래로 나뉘어 윗사람이 아랫사람을 함부로 대하기 때문입니다."

묵자 말이 끝나자 또다시 한비자가 뒤를 이으려 했다.

그러나 이번엔 장자가 나섰다.

"자, 자, 자, 그만합시다. 조그만 꼬투리만 잡으면 서로 토론을 벌이니 참 못 말릴 분들입니다. 우리 앞에 무슨 일이 있는지 잊지 맙시다. 아까도 말했지만 토론은 직하에서도 실컷 벌일 수 있습니다. 오늘은 범인을 잡는데 머리를 모읍시다."

사상가들은 더 많은 토론을 벌이고 싶은 눈치였으나 상자가 한 말을 듣고 하고 싶은 말을 꾹 참는 듯했다.

"둘째 아들을 만났고, 맏사위를 봤습니다. 이제 누구를 만나야 할까요?"

장자가 물었다.

"맏사위 말이 식솔 가운데 칼을 아주 잘 쓰는 이가 한 손으로 꼽을 만하다고 했습니다. 맏사위 아래 세 명은 이곳에 없다하니 만날 수 없지만, 식솔 가운데 칼 잘 쓰는 이들은 만날 수 있으니 그들을 만나봅시다. 그리고 그들을 볼 때 되도록 건위도 같이 보면 좋을 듯합니다. 건위와 같이 만나게 하면 건위가 몸짓이나 칼솜씨를 보고 알아차릴지도 모르니까요."

한비자가 말했다.

내가 듣기에도 그럴 듯했다. 다른 사상가들도 한비자 말대로 하기로 했다.

맏사위 집을 나와 마당을 가로지른 뒤 대문을 열고 나서는데 꼿꼿한 기운을 풍기는 한 사람이 우리를 기다렸다. 그 사람을 보자마자 전문이 꾸벅 절을 했다.

06
하늘 뜻(天命)은 어디에 있는가?

"맹자 선생님을 뵙고 싶어서 예의가 아닌 줄 알면서도 찾아왔습니다."

전영 경대부 셋째 아들이었다.

"제가 옛날부터 맹자 선생님을 마음 깊이 우러러보았습니다. 예의가 아닌 줄 알지만 맹자 선생님을 제 집으로 모시고 싶은데 괜찮겠습니까?"

"나야 괜찮지만 다른 분들이……."

맹자가 그렇게 말하며 둘레를 살폈다.

"점심을 먹은 지 꽤 지나서 배도 조금 출출한데 먹을거리라도 조금 준다면 다 같이 들러보지요."

장자가 환하게 웃으며 말했다.

"물론입니다. 맹자 선생님뿐 아니라 여러 선생님들이 함께 와 주신다면 참마음으로 모시겠습니다."

셋째 아들은 우리가 봤던 두 사람과 달라도 정말 달랐다. 몸짓도 바르고 말투도 부드러웠다. 제가 지닌 힘을 자랑하지도 않았고, 스스로를 앞세우지도 않았다. 몸과 마음을 한껏 낮추고 사상가들을 대했다. 심지어 나에게도 깍듯하게 대하며 높임말을 썼다. 셋째 아들을 마주하니 저절로 마음이 풀어지고 내가 귀한 사람이 되는 느낌이 들었다.

짧은 시간이었는데 금방 먹을거리가 한 상 가득 나왔다. 점심을 잘 먹기는 했지만, 둘째 아들과 맏아들을 만나면서 힘을 많이 쓴 탓인지 다들 맛있게 먹었다. 오고가는 말도 가벼웠다. 우스갯소리에 큰 웃음이 터지기도 했다. 셋째 아들은 깍듯하면서도 굳셌으며, 말이 바르고 작은 몸짓도 함부로 하지 않았다. 이제까지 만나본 이 집안 식구 가운데 가장 나은 사람이었다.

즐거운 이야기가 잦아들 때쯤 셋째 아들이 떨리는 목소리로 말을 꺼냈다.

"여러 선생님들이 계신 자리에서 제가 한 말씀 드리겠습니다. 저희 집안 이야기라 부끄럽기는 하지만 꼭 들려드리고 싶습니다."

모두 말을 멈추고 셋째 아들 말에 귀를 기울였다.

"저는 경대부님이 설 땅을 아끼시는 마음을 참 좋아합니다. 경대부님은 제나라 법보다 세금을 덜 걷고, 제나라 법보다 벌을 약하게 주었습니다. 잘못을 저질러도 타이르고, 친아버지처럼 백성을 돌봤습니다. 저는 그런 경대부님을 우러러 보았고, 제가 백성을 다스린다면 경대부님처럼 다스리겠다고 늘 다짐했습니다. 경대부님은 마음이 넓고 크신 분이라 많은 이들이 그 품에서 살고자 몰려들었습니다. 경대부님이 나랏일로 바쁘셔서 큰형님에게 설 땅을 다스리라고 맡기시자, 저는 살짝 걱정을 했습니다. 큰형님은 조금 욕심이 많기 때문입니다. 그렇지만 경대부님이 다스리는 대로 따르리라 믿었습니다."

셋째 아들은 야트막하게 한숨을 내쉬더니 말을 이었다.

"며칠 전에 큰형님께서 검은 옷을 입은 자들에게 칼을 맞았습니다. 큰형님은 죽지는 않으셨지만 크게 다쳐서 앞으로 제대로 살 수 있을지 모릅니다. 경대부님께서 선생님들께 큰형님에게 칼을 휘두른 사람을 잡아달란 부탁을 했다고 들었습니다. 제가 따로 뵙자고 한 까닭은 다름이 아니라……."

셋째 아들은 또다시 한숨을 내쉬었다. 조금 전 한숨보다 깊고 짙었다.

"제가 이런 말을 해도 되는지 모르겠지만, 예의에 어긋나고 동생으로서 해서는 안 되는 말이지만, 큰형님은 당해도 싼 사람입니다. 큰형님이 이제까지 해온 못된 짓은 이루 말할 수 없습니다. 경대부님은 백성들 마음을 얻었지만, 큰형님은 백성들 마음을 멀어지게만 했습니다. 큰형님은 백성들을 돌보기보다 짓누르려 했습니다. 어진 마음으로 다스리기보다 벌을 주려고만 했습니다."

셋째 아들 목소리가 아주 많이 떨려 나왔다.

"둘째 형님도 큰형님과 다를 바 없습니다. 아니 더 심합니다. 큰형님이 아버지 뒤를 이어받아야 하기에 그나마 다른 사람 눈을 생각하며 못된 짓을 한다면, 둘째 형님은 대놓고 못된 짓을 합니다. 백성들 집에 들어가 마음에 드는 물건이 있으면 마구 빼앗아 오기도 하고, 마음에 안 든다고 길거리에서 백성들을 세워놓고 때리기도 합니다. 둘째 형님이 저지른 못된 짓은 차마 입에 담기도 어렵습니다."

둘째 아들 얘기를 할 때 셋째 아들 목소리에선 노여움이 묻어났다. 셋째 아들이 얼마나 둘째 형을 미워하는지 알만했다.

"큰 매형은 싸움을 좋아합니다. 매형은 가까운 사람에겐 속을 다 내어줄 만큼 잘해주지만, 그렇지 않은 사람은 힘으로 눌러 버립니다. 힘없는 백성들에게 큰형님이나 둘째 형님처럼 못되게 굴지는 않지만 백성을 사랑할 줄 모릅니다."

셋째 아들은 앞에 놓인 물을 벌컥벌컥 들이켰다.

"둘째 형님과 큰 매형 잘못이 있기는 하지만 가장 큰 잘못은 큰형님에게 있습니다. 경대부님이 나랏일을 하느라 바빠서 큰형님에게 설 땅을 다스리는 일을 맡겼습니다. 집안을 다스리는 일도 큰형님 몫입니다. 그러나 큰형님은 우리 집안을 다스릴 만한 재주도 없고 됨됨이도 모자랍니다. 큰형님이 엇나가니 둘째 형님도 엇나가고, 맏사위는 제가 지닌 힘만 믿고 함부로 굽니다. 집안 꼴이 엉망입니다. 이대로 가다간 우리 집안이 어떻게 될지 걱정입니다."

셋째 아들은 맹자를 똑바로 보며 물었다.

"선생님, 어떻게 해야 할까요? 저는 어떻게 하면 좋습니까?"

짙은 어둠과 안개 속에서 길을 잃어버린 아이가 어머니를 애타게 부르는 듯했다. 길을 찾고 싶어 애타는 마음이 가슴 아프게 다가왔다.

맹자는 따스한 눈길로 셋째 아들의 손을 꼭 쥐었다. 눈에는 안타까움이 가득했다. 셋째 아들 눈에 눈물이 글썽였다. 맹자가 말을 꺼내려고 할 때 한비자가 나섰다.

"제가 먼저 한 말씀 드려도 되겠습니까?"

맹자는 셋째 아들 손을 놓으며 말없이 고개를 끄덕였다.

"아랫사람이 윗사람을 따르는 까닭은 윗사람이 바르기 때문이 아니라, 윗사람에게 힘이 있기 때문입니다. 맹자 선생은 다스리는 사람에게 훌륭한 됨됨이가 있어야 한다고 말하지만, 이는 말만 그럴듯할 뿐 진짜가 아닙니다. 사람들은 힘이 두려우면 옳지 않은 일도 따르지만, 두렵지 않으면 옳은 일도 따르지 않습니다. 윗사람이 아랫사람을 다스릴 때는 두 가지 방법을 써야 합니다. 하나는 법이고 다른 하나는 꾀입니다. 법은 널리 알려야 하고, 위와 아래를 차별하지 않고 같은 죄를 지으면 같은 벌을 주고, 같은 공을 세우면 같이 상을 주어야 합니다. 꾀는 다릅니다. 꾀는 마음 안에만 품고 밖으로 드러내면 안 됩니다."

셋째 아들은 눈을 반짝이며 한비자 말을 들었다. 촉촉했던 눈은 사라지고 없었다. 한비자는 이어서 이야기 하나를 들려주었다. 한비자가 들려준 이야기는 다음과 같다.

* * *

송나라에 어떤 부자가 살았는데 어느 날 큰 비가 내려 담이 무너졌다. 아들은 도둑이 들까 걱정해서 아버지에게 말했다.

"아버지, 담을 다시 쌓지 않으면 도둑이 들지도 모릅니다. 빨리 담을 튼튼하고 높게 쌓으시지요."

바로 옆집에 사는 이웃도 같은 말을 했다.

"담이 무너졌으니 욕심 많은 이들이 몰래 들어와 훔쳐갈지도 모릅니다. 담이 있을 때는 욕심을 감추지만, 무너진 담을 보고 욕심이 일어날지도 모릅니다. 얼른 담을 쌓으시지요."

아들과 이웃이 말했지만 부자는 하루쯤이야 하며 그냥 담을 두었다. 그날 밤, 아들과 이웃이 말한 대로 도둑이 들었고 부자는 많은 돈을 잃었다. 부자는 제 아들은 똑똑하다면서 추어올렸다. 그러나 옆집에 사는 이웃에 대한 생각은 달랐다.

'저 놈이 우리 집 담이 무너진 일을 다 알고, 내가 담을 쌓지 않은 일도 안다. 도둑이 든다고 걱정해 놓고, 제가 몰래 와서 돈을 훔쳐가지 않았을까? 결코 가까이 해서는 안 될 이웃이로다'

부자는 이웃을 의심하며 아주 멀리했다.

* * *

한비자는 또 다른 이야기를 들려주었다. 그 이야기는 다음과 같다.

* * *

옛날 정나라를 무공이 다스릴 때였다. 무공은 이웃인 호나라를 치고자 하였으나 웬일인지 제 딸을 호나라 임금에게 시집을 보냈다. 그러고는 신하들에게 물었다.

"내가 이제 곧 전쟁을 일으키려 한다. 어느 나라를 치면 좋겠는가?"

다른 신하들은 뭐라고 말할지 몰라 입을 다물고 있는데, 관기사란 신하가 나섰다.

"이웃인 호나라를 쳐야 마땅합니다."

관기사는 무공 속마음을 알았다. 무공이 호나라를 치려는 마음을 품고 딸을 보낸 속셈도 알았다. 그래서 임금이 바라던 말을 그대로 했다. 그러나 뜻밖에도 관기사가 한 말을 듣고 무공은 크게 노여워했다.

"호나라에 내 딸이 시집을 갔다. 그렇다면 호나라와 우리나라는 형제와 같은 사이다. 그런데 너는 어찌하여 나에게 형제를 치라고 하느냐? 내가 형제와 싸우란 말이냐? 못된 놈이로다."

이렇게 말하고 무공은 관기사를 죽였다. 무공이 관기사를 죽이고 호나라를 형제와 같은 나라로 불렀다는 이야기를 들은 호나라 임금은 아주 기뻤다. 그때까지 정나라가 쳐들어올까 봐 단단히 준비를 했던 호나라는 군대를 뒤로 뺐다. 호나라가 빈틈을 보이자 정나라 무공은 군대를 일으켜 호나라를 공격했고, 아주 쉽게 무너뜨렸다.

* * *

두 이야기를 둘려준 뒤에 한비자 말했다.

"송나라 부잣집 옆에 사는 이웃은 부잣집 아들과 같은 말을 했습니다. 부자는 아들은 참 뛰어나다고 추어올렸지만, 이웃은 도둑질을 하지 않는지 의심을 했습니다. 같은 말이라도 사람에 따라 다릅니다. 만일 이웃이 꾀를 냈다면 그런 의심을 받지는 않았겠죠."

셋째 아들은 몸을 바짝 당기며 한비자를 봤다. 셋째 아들이 찾고 싶던 길을 한비자가 보여주는 듯했다.

"무공은 송나라 부잣집 이웃과 달랐습니다. 무공은 일부러 딸을 시집보내고, 관기사가 한 말을 써먹었습니다. 치려고 하는 나라에 딸을 시집보내고, 임금 속마음을 알아챈 신하인 관기사를 죽인 짓이 나쁘다고 말하는 사람도 있겠지만 결코 그러지 않습니다. 무공은 꾀를 썼습니다. 바로 그 꾀 때문에 무공은 호나라를 아주 쉽게 얻었습니다. 만일에 무공이 곧이곧대로 했다면 엄청나게 많은 사람이 죽고, 호나라를 얻지 못했을지도 모릅니다."

셋째 아들은 한비자 말에 제대로 끌리는 듯했다. 셋째 아들이 맹자를 우러러 본다고 말했지만, 막막하고 답답함을 털어놓으며 맹자에게 어떻게 하면 좋겠냐고 눈물을 흘리는 모습을 보면 속마음은 맹자 생각이 어려움을 이겨내는 데 큰 도움이 되지 않는 듯했다. 맹자도 그 점을 눈치 챘다.

"꾀는 잠깐 동안은 쓸 만하지만, 길게 보면 결코 도움이 되지 않습니다. 그 점을 놓치면 안 됩니다."

셋째 아들이 맹자 쪽으로 눈길을 돌렸다.

"사람은 큰 길을 가야 합니다. 꾀를 부리면 잠깐은 일을 이룬 듯합니다. 그러나 꾀는 오래 가지 못합니다. 꾀는 또 다른 꾀에 무너집니다. 사람은 잠깐은 꾀에 넘어가지만 잇따라 꾀에 넘어가지는 않습니다. 정나라 무공은 꾀를 써서 호나라를 차지했습니다. 그러나 그 뒤로 어떤 일이 벌어질지 생각해보십시오. 그 어떤 나라도 이제 무공이 겉으로 하는 말을 믿지 않게 될 것이며, 어떤 신하도 무공 앞에 나아가 바른 말을 하지 않으려 할 것입니다. 꾀는 남을 속이는 짓이고, 남이 나에게 보내는 믿음을 뒤집어 써먹는 짓입니다. 다시 말하지만 꾀는 짧고 바른 마음은 오래 갑니다. 바른 길을 가십시오. 이익을 좇으면 모두가 이익을 좇고, 마침내 그 이익을 좇는 마음이 나를 칩니다."

셋째 아들 눈빛이 다시 젖어 들었다.

"사람은 스스로를 돌이켜보아 옳지 않다면 누더기를 걸친 사람을 만나도 두려움을 느낍니다. 그러나 스스로 돌이켜보아서 옳다면 수 십만 군대가 쳐들어와도 겁을 먹지 않습니다. 가려는 길이 옳다면 당당히 가십시오. 뜻을 얻으면 온 누리에 그 뜻을 펼치고, 뜻을 얻지 못하면 홀로라도 당당히 가면 됩니다. 그런 길을 가는 이를 일컬어 대장부(大丈夫)라 합니다. 대장부가 되십시오."

셋째 아들은 주먹을 불끈 쥐고, 입술을 지그시 깨물었다.

"진인사대천명(盡人事待天命)이라 했습니다. 사람은 제 할 바를 다 하고, 하늘 뜻을 기다려야 합니다. 그러면 됩니다. 참마음으로 바른 길을 간다면 하늘이 알아주리라 믿습니다. 이루지 못했다 해도 하늘이 더 큰 뜻이 있다고 믿는다면 아쉬워할 까닭이 없습니다. 일은 하늘이 이룹니다. 사람은 그저 바른 길을 가려고 애쓰면 됩니다. 그러니 일을 이루는데 힘을 쏟지 말고, 바른 길인지 아닌지만 마음을 쓰십시오. 그러면 됩니다."

셋째 아들 주먹이 부들부들 떨렸다. 한비자에게 잠깐 기울었던 마음이 맹자 쪽으로 크게 움직인 듯했다. 눈빛에 맹자를 우러러 보는 마음이 짙게 배어났다.

"하늘이라니~!"

순자였다.

처음엔 순자 목소리가 아닌 줄 알았다. 순자는 늘 점잖고 예의 바르게 말했는데, 이때 들은 순자 목소리에는 비웃음이 가득했기 때문이다.

"맹자 선생은 하늘이 마치 무슨 마음이라도 있는 듯 말씀하시는데, 하늘은 그저 하늘일 뿐입니다. 하늘을 보십시오."

나도 모르게 순자 말을 따라 창문 밖 하늘을 보았다.

"하늘이란 비가 오고 바람이 불고 구름이 흐르는 자연일 뿐입니다. 하늘이 사람을 낳지도 않았습니다. 하늘은 뜻을 품고 있지도 않습니다. 하늘은 그냥 푸른빛을 지닌 빈 곳일 뿐입니다. 하늘에 이는 구름도, 내리는 비도, 가끔씩 치는 천둥도 다 그냥 하늘 안에서 일어나는 뜻 없는 일일 뿐입니다. 어떤 이는 천둥이 치면 신이 벌을 주려나 보다 겁을 먹는데, 천둥이 친다고 겁먹지 않아도 됩니다. 천둥은 그냥 천둥일 뿐입니다. 사람이 복을 받는 까닭은 스스로 복을 받을 만한 일을 지었기 때문이며, 사람이 무엇을 이루는 까닭은 사람이 그만큼 애를 썼기 때문이며, 사람이 이루지 못함은 이룰 만큼 애쓰지도 못하거나 재주가 모자랐기 때문입니다. 일을 하는 이도 사람이요, 일을 이루는 이도 사람입니다."

나는 순자 말을 듣고 깜짝 놀랐다. 순자가 하는 말은 내 믿음을 송두리째 뒤흔들었다. 나는 어릴 때부터 어머니가 새벽에 하늘을 보며 비는 모습을 자주 보았다. 어머니는 조금이라도 어려운 일이 닥치면 하늘에 빌었고, 내가 잘 되게 해 달라고 하늘에 빌었다. 아침저녁으로 하늘을 보며 바라는 바를 빌었다. 나도 힘들면 하늘을 찾았다. 나쁜 짓을 하면 하늘이 볼까 두려웠고, 좋은 일을 하면 하늘이 복을 주리라 믿으며 기뻤다.

그런데 순자는 그런 하늘이 그냥 푸른빛을 띤 빈 곳이라고 말했다. 이제까지 사상가들에게 들은 모든 말은 그럴싸하다고 여겼지만, 하늘을 빈 곳이라고 말한 순자 말만은 믿을 수 없었다. 아니 믿고 싶지 않았다.

"사람은 끊임없이 욕심을 좇습니다. 누구든 욕심이 있습니다. 아시다시피 다들 욕심이 있는데, 그 욕심이 없다고 하면 안 됩니다. 사람이 아름다운 까닭은 태어날 때부터 착해서가 아니라, 욕심을 지니고 태어났음에도 욕심을 넘어선 착함을 좇는 힘이 있기 때문입니다."

셋째 아들은 고개를 갸웃거리며 순자 말을 들었다. 순자가 하는 말을 믿어야 할지 말아야 할지 긴가민가한 얼굴이었다.

"하늘 뜻이 없다니? 무슨 그런 얼토당토않은 말이 어디 있단 말이오?"

맹자가 되받아칠 줄 알았는데 뜻밖에도 묵자였다.

"이 우주를 다스리는 이는 하늘님이시오. 옛날부터 뛰어난 임금님들은 하늘님이 온 누리를 다스리는 주인임을 알고 백성들에게 이를 알리려고 했소. 사람은 하늘님 뜻을 따라야 합니다. 하늘님 뜻을 따르면 복이 있고, 하늘님 뜻을 거스르면 하늘님이 미워하여 벌을 줍니다. 하늘님 뜻은 바른 길입니다. 바른 길을 가면 하늘 뜻에 맞습니다. 스스로 가는 길이 바르다 여기면 바른 길을 가십시오."

맹자가 묵자 말에 고개를 끄덕이며 모처럼 흐뭇한 웃음을 지었다.

"하늘님이 계시지만 하늘님이 일을 이루지는 않습니다. 하늘 뜻은 큰 길만 있을 뿐입니다. 정해진 운명 따위는 없으니 할 수 있는 한, 온 힘을 다 짜내어 애써야 합니다. 사람을 위 아래로 나누어 차별함은 옳지 않습니다. 백성을 마구 대하는 짓은 옳지 않습니다. 다른 나라를 치는 짓은 옳지 못합니다. 이 모든 옳지 못함을 바로 잡으려면 굳세고 튼튼하게 바른 길을 가야 합니다. 머리부터 발꿈치까지 갈아 없어질 만큼 스스로를 다그치며 애써야 합니다. 온 누리가 조금이라도 나아지게 하겠다는 참마음을 지닌다면 하늘이 도우리라 믿습니다."

묵자 목소리는 낮았지만 송곳 같았다.

"애쓰며 이룬다는 말은 저와 같지만, 하늘 뜻이라니, 어처구니 없소이다."

순자가 혀를 차며 말했다.

"바른 뜻으로만 되는 일은 없습니다. 꾀를 내십시오. 힘을 쓰십시오. 바른 뜻으로 모든 일이 된다면 어찌 착한 이들이 못된 이들에게 당하는 일이 끊이지 않고 일어나겠소?"

한비자가 대차게 말했다.

"꾀로 일을 이루려 하다니, 아니 될 말이네. 꾀가 아니라 예의를 앞세워야 하네. 바른 예의를 지키며, 사람들에게 예의가 무엇인지 알려주어, 그 길을 따르도록 해야 하네."

순자가 한비자에 맞섰다.

"예의? 둘째 같이 예의도 모르는 놈이, 맏사위 같이 힘만 앞세우고 힘 있는 사람에게만 예의를 차리는 놈에게 예의를 가르치라고요? 말이 되는 소리를 하십시오."

한비자는 다른 사상가와 달리 순자에게 더 거칠게 대들었다.

순자는 그런 한비자를 보고 이맛살을 찌푸렸다.

"쯧쯧쯧!"

그때 장자가 혀를 세게 찼다.

좀처럼 토론에 끼어들지 않던 장자가 처음으로 토론에 끼어들었다.

"참으로 모두 어리석습니다. 그려!"

장자는 엷은 웃음을 지으며 사람들을 둘러보았다.

"자네가 가려는 길은 죽음으로 가는 길이네."

장자는 셋째 아들을 따뜻한 눈길로 바라보며 말했다.

"죽음이라니요?"

셋째 아들이 눈을 동그랗게 뜨고 물었다.

"옛날에 초나라 위왕(威王) 신하가 나를 찾아온 일이 있었네. 그 신하는 내게 찾아와 위왕이 나에게 높은 벼슬을 주고자 한다면서 수많은 돈과 멋진 물건을 내밀었네."

장자에게 그런 일이 있었단 말인가? 나에게도 그런 일이 일어나면 얼마나 좋을까?

"그때 내가 뭐라고 했겠나?"

셋째 아들은 뭐 그런 뻔한 물음을 하느냐는 얼굴빛으로 장자를 보았다. 셋째 아들 얼굴빛이 내 얼굴빛이었다.

"높은 벼슬을 주고, 수많은 돈과 멋진 물건을 준다는데 안 받아들이면 바보 아닙니까?"

나도 셋째 아들과 같은 대답을 속으로 했다.

"맞네. 온 누리에 사는 사람들 누구를 붙잡고 물어보아도 자네랑 똑같이 말하겠지. 그렇지만 말이네. 가만히 헤아려 보게. 제사를 지내려고 기르는 소는 다른 소와 달리 아주 좋은 먹이에 좋은 옷을 입혀주고 사람들이 온 정성을 기울여서 돌보네. 똥밭에 뒹굴며 논밭에서 일을 하며 지내야 하는 어느 소와는 아주 다르지. 논밭에서 힘들게 일하는 소들이 보기에 제사를 지내려고 기르는 소는 참으로 부럽기 그지없네."

장자 말을 들은 셋째 아들은 피식 웃었다.

"그야 논밭에서 일하는 소들이 제사를 지내려고 기르는 소가 앞으로 어찌 될지 모르기 때문이 아닙니까? 제사를 지내려고 기르는 소는 제사 때가 되면 죽임을 당합니다. 그러니 논밭에서 힘들게 일하는 소들이 제사를 지내려고 기르는 소를 부러워할 까닭이 없지요."

"맞네. 부러워할 까닭이 없지. 그런데 자넨 도대체 왜 높은 자리에 있는 이들을 부러워하는가?"

"아!"

나도 모르게 짙은 신음소리가 새어나왔다.

"자네가 오르려는 자리, 자네가 차지하려는 자리는 비단옷을 입고 좋은 먹이를 먹는 소와 같은 자리네. 그 자리에 가면 잠깐은 좋을지 모르지만 언제든지 끌려가 죽임을 당할지 모르네. 나는 바로 그러한 까닭에 초나라 위왕이 내게 준 모든 돈과 물건을 물리치고, 높은 벼슬도 받아들이지 않았네."

나는 나도 모르게 장자를 보며 고개를 끄덕였다. 이제까지 들은 말 가운데 가장 내 마음에 박힌 말이었다. 그러나 셋째 아들은 그렇지 않은 듯했다. 순자에게서 하늘 이야기를 들었을 때와 엇비슷한 얼굴빛이었다.

"삶은 내 뜻대로 살면 그만이네. 내가 좋아하는 일을 하며, 내 마음이 채워지면 된다네. 도대체 다른 사람이 알아주는 이름이 무슨 뜻이 있으며, 온 누리가 좋아지게 만들겠다면서 내 삶을 온통 바친다면 내 진짜 삶은 어디에 있겠는가? 다 쓸데없는 짓이네."

장자는 젓가락을 들어 전을 입에 넣고 느리게 씹었다. 느리게 씹으며 맛을 찬찬히 즐기는 듯했다.

"무엇을 이루겠다는 마음이 생기면 반드시 이루지 못함이 생기고, 이루지 못함이 생기면 마음에 노여움이 생기며, 마음에 노여움이 생기면 남뿐 아니라 나도 해친다네. 무엇을 하겠다는 마음을 버리게. 그저 흘러가는 대로 내 삶을 누리시게. 무엇을 하겠다는 마음을 버리고 가만히 살면 삶은 그대로 아름답고 마음은 뿌듯함으로 가득하다네."

장자 말을 듣는데 내 마음이 가벼워진 느낌이었다. 깃털 같은 기운이 내 몸을 감싸고 내 몸을 휘감았다. 이제까지 내가 붙잡고 살아온 삶, 무엇이든 이루고 싶다는 욕심이 바람에 실려 사라졌다.

"세상에서 멀리 떨어지려 하지 마십시오. 그저 제 한 몸 살피려고 산다면 삶이 얼마나 헛되겠습니까? 바른 길을 갈 수 있는 힘을 갖추십시오. 마음을 단단하고 크게 키우면 반드시 이룰 힘이 생깁니다. 큰 사람이 큰일을 합니다."

맹자가 셋째 아들 손을 다시 잡으며 말했다.

"욕망은 나쁘지 않습니다. 지금 셋째 아드님께서는 설 땅을 바르게 다스리려는 욕망이 있습니다. 전영 경대부처럼 설 땅을 다스리고 싶어 합니다. 그 마음을 없는 척하지 마십시오. 그 욕망을 있는 그대로 받아들이십시오. 다만 그 욕망을 이루는 길을 바르게 쓰십시오. 사람들에게 바른 길이 무엇인지 알려주고, 옳은 길로 이끄십시오. 큰 사람은 '사람 됨됨이를 바꾸어, 바른 길로 이끈다'고 하는데 이를 '화성기위(化性起僞)'라고 합니다. 그러니 사람들을 바른 길로 이끌 힘을 기르십시오."

화성기위란 말은 직하에 있을 때도 순자에게 얼핏 들은 말이었다. 거듭 들었음에도 화성기위란 말에 담긴 참 뜻은 알아듣기 힘들었다.

"욕망을 받아들이라면서도 예를 따르라니~ 말이 안 됩니다. 욕망은 예라는 그릇에 담을 수 없습니다."

한비자가 또다시 세게 순자 말을 되받아쳤다.

"자, 자, 그만합시다. 날이 지고 있소. 노을이 지니 오늘은 이만 멈춥시다."

장자가 마시던 찻잔을 탁 내려놓으며 일어섰다.

장자 말을 따라 다들 자리에서 일어났다. 문을 나서려는데 셋째 아들이 한비자를 붙잡고 물었다.

"한비자 선생께 묻고 싶습니다."

"말씀하십시오."

"바른 목표를 이루려고 나쁜 꾀를 써도 된다고 여기십니까?"

그때 나는 한비자에게 묻는 셋째 아들 얼굴에서 작은 어둠을 찾아냈다. 무엇인지 딱 꼬집어 말할 수는 없지만 마음 안에 깊이 감

취둔 어둠처럼 보였다.

"바르고 나쁘다는 잣대가 무엇입니까?"

한비자가 되물었다.

셋째 아들은 아무 대답도 하지 않았다. 아니 하지 못했다는 말이 맞을 듯했다. 무어라 대답을 해야 할지 막막한 얼굴이었다.

"다스리는 이라면 꼭 꾀를 부릴 줄 알아야 합니다. 꾀를 쓸 줄 모른 채 바른 뜻으로만 도대체 무엇을 이룰 수 있겠습니까?"

그 말을 듣자마자 셋째 아들 얼굴에서 조금 전에 떠올랐던 어둠이 여름 햇살 아래 눈이 녹듯이 사라졌다.

"고맙습니다. 한비자 선생님! 제 마음이 가벼워졌습니다."

셋째 아들 말을 뒤로 하고 우리는 집을 나섰다. 대문을 막 나서는데 멀리서 시끄러운 소리가 들렸다. 한두 명이 내는 소리가 아니었다. 무수히 많은 사람들이 내지르는 소리였다. 우리는 누가 이끌지 않았음에도 시끄러운 소리가 나는 쪽으로 빠르게 움직였다.

07
묵자, 횃불로 일어난 민심 앞에 서다

　시끄러운 소리는 높게 치솟은 담 너머에서 들렸다. 수없이 많은 사람들 목소리가 뒤섞여서 들렸기에 잘 알아듣기는 어려웠지만, 대게 '경대부님을 만나게 해 달라', '세금이 너무 많다'는 말들이었다. 담을 따라 문 쪽으로 걸어가는데 담 밖에서 들리는 소리가 끊이지 않았다. 엄청나게 많은 사람들이 몰려온 듯했다. 드디어 문에 이르렀다. 그러나 나갈 수 없었다. 무사들이 문을 굳게 닫은 채 아무도 나가지 못하게 했다. 문을 열어달라고 말했지만 들어주지 않았다. 뒤늦게 쫓아온 셋째 아들이 문을 열어달라고 말하자 그때서야 문이 열렸고, 우리는 담장 밖에서 어떤 일이 벌어졌는지 두 눈으로 보았다.

　노을을 등지고 수천 명이나 되는 사람들이 무리지어 있었다. 노을빛 때문인지 사람들이 더 많아 보이고 기운이 드세게 다가왔다. 사람들 손에 낫, 삽과 같은 농기구가 들려 있는 걸 보니 농부들이었다. 저들이 한꺼번에 농기구를 휘두르며 달려든다면 어떻게 될지 생각하니 몸이 으슬으슬 떨리며 무서웠다. 담벼락을 등지고 백 명쯤 되는 무사들이 한 줄로 섰고, 무사들 한 가운데는 맏사위가 허리에 두 손을 얹은 채 농민들을 노려보았다.

"도대체 뭐하는 짓들이냐? 여기가 어디라고 함부로 떼로 몰려와! 다들 죽고 싶으냐?"

뒤통수만 보였지만 말투로 보아 맏사위가 어떤 얼굴빛인지는 어림하기 어렵지 않았다.

"경대부님을 뵙게 해주시오."

무리 가운데 섰던 농부 한 명이 한 걸음 나서며 말했다.

"너희 따위가 뵙고 싶다고 해서 바로 뵐 분이 아니다. 썩 물러가라!"

맏사위가 큰소리로 외쳤다.

"옛날에 경대부님은 우리가 뵙고 싶을 때면 언제든지 뵐 수 있었습니다. 경대부님께서 저희가 일하는 곳으로 찾아오신 적도 많았습니다. 경대부님께서는 억울하거나 힘든 일 있으면 언제든지 찾아오라고 말씀하셨습니다."

농부는 조금도 겁먹지 않고 당당하게 맞섰다.

"허! 이놈이, 어디서 감히 경대부님을 함부로 만나려고 한단 말이냐? 경대부님은 너희 같은 놈들이 함부로 뵐 분이 아니다."

"옛날에는 안 그랬습니다. 경대부님은 늘 저희 얘기를 잘 들어주셨습니다. 그런데 이제는 왜 안 됩니까?"

"내가 너 따위와 토론이라도 벌이란 말이냐? 찾아오고 싶으면 내일 낮에 너 혼자 오너라! 이렇게 무리 지어 오지 말고."

"수없이 많은 사람들이 찾아왔었습니다. 그때마다 경대부님을 뵙지 못했을 뿐 아니라, 왜 찾아왔냐면서 매를 때리기도 했습니다. 혼자 오면 얻어맞기까지 하는데 누가 감히 혼자 여길 오겠습니까?"

"언제 그런 일이 있었단 말이냐? 거짓말 하지 마라!"

"거짓말이 아닙니다."

"누구냐? 누가 맞았느냐? 당장 나와 보라!"

맏사위는 칼을 뽑아서 치켜들었다.

겁을 먹었는지 아무도 나서지 않았다.

"봐라! 아무도 없지 않느냐? 어디서 거짓말을 하느냐?"

"칼을 뽑아 드는데, 감히 누가 나선단 말이오."

"진짜라면 칼이 두렵다고 못 나서겠느냐!"

맏사위는 칼을 높이 한 번 치켜들더니 두어 번 휘저었다. 누가 보더라도 농부들이 겁먹게 하려는 짓이었다.

"우리를 겁주시는 겁니까? 어디서 칼을 휘두릅니까?"

가장 앞장선 농부는 대찼다.

맏사위가 아무리 칼을 뽑아들고 휘둘러도 기가 죽지 않았다. 도리어 더 힘차게 대들었다. 만만한 사람이 아니었다.

"네 놈이 착한 농민들을 꼬드겨서 끌고 온 놈이구나! 네 놈에게 벌을 내리겠다."

맏사위는 칼을 뽑아든 채로 그대로 앞으로 달려 나가려고 했지만 나가지 못했다. 맏사위가 칼을 든 쪽 손목을 어떤 억센 손이 움켜잡았기 때문이다. 맏사위는 손목을 비틀어 빼내려 했지만 그러지 못했다.

"누가 감히……."

부아가 치민 목소리와 함께 맏사위가 몸을 틀었다.

손목을 움켜쥔 이가 누구인지 본 맏사위는 얼굴이 일그러지며 어찌할 바를 몰랐다. 손목을 쥔 이는 바로 묵자였다. 묵자는 경대부가 모셔온 손님이다. 그러니 함부로 할 수 없다. 그러나 함부로 하려고 해도 어찌할 길이 없어 보였다. 묵자는 맏사위보다 힘이 셌다. 성을 치고 막는 겨루기에서도 졌으니, 맏사위는 오늘 두 번이나 묵자에게 진 셈이다. 오랫동안 전쟁터를 누비며 수많은 싸움에서 이겼던 맏사위로서는 자존심에 생채기가 생길 수밖에 없었다. 더구나 수많은 부하들과 농민들이 보는 자리에서 묵자에게 꼼짝도 못하고 있으니 노여움이 치밀 수도 있었다.

"칼을 집어넣으시게."

묵자가 나지막하지만 묵직하게 말하며 맏사위 손목을 놓았다.

맏사위는 입술을 부들부들 떨면서 칼을 칼집에 넣었다. 그러고
는 두 발자국 뒤로 물러섰다. 묵자는 그런 맏사위를 가만히 보더
니 앞으로 걸어 나갔다. 나머지 사상가들도 묵자 쪽으로 걸어갔
다. 전문은 거리낌 없이 갔지만 나는 겁이 나서 뒤에 가만히 있으
려다가 마지못해 따라 갔다.

가장 앞에 선 농민과 서너 걸음 앞까지 다가온 묵자는 따뜻하게
말을 건넸다.

"다른 사람들은 저를 묵자라고 부릅니다."

묵자란 말을 듣자마자 둘레에 있던 사람들 얼굴이 바뀌었다. 그
리고 묵자란 이름이 아주 빠르게 농민들 사이로 퍼져나갔다. 곧이
어 농민들 사이에서 엄청나게 큰소리가 터져 나왔다.

"묵자님이 여기 계시다!"

"묵자님, 만세!"

"묵자님, 저희를 도와주십시오."

농민들이 한꺼번에 내지르는 소리가 엄청나서 땅이 흔들리고,
해가 놀라 산 뒤로 숨어버렸다. 노을이 사라지자 농민들 사이에서
불꽃이 일렁이더니, 수많은 횃불이 타올랐다.

"저는 설 땅 토박이 농사꾼 허모입니다. 옛날부터 묵자님을 꼭
한 번 뵙기를 바랐는데, 이렇게 얼굴을 뵈니 기쁘기 그지없습니
다."

허모는 몸을 깊이 숙였다.

"저 같은 사람이 뭐라고……."

묵자도 따라서 몸을 숙였다.

"아닙니다. 우리처럼 힘없는 사람들 쪽에 서서 마르고 닳도록 애쓰신다는 이야기를 귀가 닳도록 들었습니다. 묵자님 높은 이름을 모든 농사꾼이 다 알며, 묵자님을 우러러 보지 않는 이가 없습니다."

바로 옆에서 지켜 본 바로는 허모가 한 말은 거짓이 아니었다. 둘레에 있던 사람들 얼굴에 숨길 수 없는 기쁨이 일렁였다. 묵자가 뭐라도 시키면 그대로 할 분위기였다.

맹자는 백성이 가장 귀하고, 백성이 마음에 들지 않으면 임금을 쫓아내도 된다는 어마어마한 주장을 할 만큼 백성을 높이 받들었고, 백성들이 태어날 때부터 착하다면서 백성들을 굳게 믿었지만, 어찌된 일인지 백성들은 맹자보다는 묵자를 더 가깝게 느끼는 듯했다. 내 생각이긴 하지만 맹자는 뛰어난 학자라 백성들이 가깝게 여기지 못하지만, 묵자는 늘 백성과 함께 하고 백성과 같이 움직이며 백성을 지키려고 싸움터를 누비기에 백성들이 더 가깝게 느끼는 듯했다. 묵자를 하늘처럼 떠받드는 농민들을 보니 묵자가 참으로 엄청난 사람으로 보였다. 그럴 리는 없겠지만 묵자가 수많은 농민들에게 담장 안으로 치고 들어가자고 하면 어떻게 될까 떠올리자 온 몸이 으스스하게 떨렸다.

"어찌된 일인지 말씀을 해 주시겠습니까?"

묵자가 가장 앞에 선 농민인 허모에게 물었다.

"얼토당토않은 이야기를 들었기 때문입니다."

"무슨 얘기를 들었소?"

"세금을 두 배로 올린다는 이야기였습니다."

"두 배로?"

"네, 두 배입니다."

"도대체 그 말을 누구에게 들었소?"

"어제부터 많은 농민들 입에서 입으로 퍼졌습니다."

그때 누군가 내 어깨를 잡았다. 나는 얼떨결에 그 손을 처내려 했다. 그런데 내 어깨를 잡은 이는 내 손을 툭 밀어내더니 힘껏 내 어깨를 잡아챘다. 나는 그 힘에 떠밀려 그대로 뒤로 나뒹굴었다. 부아가 치민 나는 재빨리 일어나 나를 넘어뜨린 이에게 달려들려 다가 누군지 알아보고는 그대로 멈췄다. 맏사위였다. 맏사위는 잡 아먹을 듯 허모와 묵자를 노려봤다. 맏사위 뒤에는 둘째 아들과 무사 몇몇이 서 있었다.

"누가 말했는지도 모르는 뜬소문을 듣고는 이렇게 농민들을 떼 로 몰고 왔단 말이냐?"

맏사위는 또다시 칼을 뽑아 들었다.

"애들아, 저놈을 잡아라!"

둘째 아들은 제 뒤에 선 칼잡이들에게 소리쳤다. 그러자 둘째 아들 뒤에 서 있던 칼잡이들도 칼을 뽑아 들었다. 곧 피바람이 일어날 듯해서 몹시 두려워서, 나도 모르게 두어 걸음 뒤로 물러섰다.

"경대부님께서 모신 손님들은 뒤로 물러나십시오."

맏사위가 말했다.

그러나 사상가들은 그 누구도 움직이지 않았다. 사상가들이 선 모양새가 허모를 지키는 꼴이 되었다. 허모를 잡으려면 사상가들을 밀치고 가야 하는데, 아무리 맏사위라도 경대부 손님이자 임금도 함부로 못하는 사상가들에게 칼을 들이밀 수는 없었다. 잘못되는 날엔 임금님이 크게 노여워하며 무거운 죄를 내릴 수도 있다.

사상가들이 허모를 지키며 물러서지 않자 맏사위와 칼잡이들은 어떻게 해 볼 수가 없었다.

"비켜주시오. 저자는 헛소문을 믿고 농민들을 끌고 와 경대부님께 대든 놈이오. 저런 놈은 법에 따라 무겁게 다스려야 합니다. 비켜주시오."

맏사위가 거칠게 말했다.

"그 법은 누구를 위하여 있는가?"

맹자가 맏사위에게 한 걸음 다가서며 매섭게 쏘아붙였다.

"세금을 두 배로 올린다는 말을 듣고 무서워하지 않을 농민이 어디 있는가? 누구라도 두려움에 떨며 경대부 말을 듣고자 올 수밖에 없다. 백성을 다스리는 이라면 모름지기 백성들이 가려운 곳을 긁어주고, 백성들이 겪는 아픔을 보듬어야 하거늘, 백성들이 끔찍한 이야기를 듣고 몰려왔으면, 무슨 일인지 듣고 아니면 아니라고 해주면 되거늘, 백성들이 몰려왔다고 칼을 휘두르려 하다니, 어디서 그런 못된 짓을 하는가?"

무서운 기세였다. 맹자는 말 한마디 한마디에 산보다 크고 바다보다 넓은 기운을 담아 만사위를 꾸짖었다. 그 기세에 눌린 만사위는 잠깐 움찔했지만 곧바로 거친 말투로 맞섰다. 그 말투는 딱 전쟁터에서 쓰는 싸움꾼 말투였다.

"책방에 앉아 글이나 읽고 말로 사람을 구워삶기만 해본 맹자 선생이 어찌 백성 다스리는 법을 알겠소? 그런 허튼 소리는 골방에 처박혀서 말 잘하는 사람들끼리 하시고, 여기선 빠지시오. 어디 감히 경대부께서 베푼 은혜도 모르고 백성들이 함부로 날 뛴단 말이오?"

"이 놈이 칼을 들었다고 함부로 말을 내뱉는구나! 백성이 있고 나서야 임금이 있는 법인데, 하물며 한낱 경대부를 따르는 칼잡이 따위가 백성들을 이 따위로 깔본단 말인가?"

맹자는 큰 어른이었다. 큰 어른이 잘못한 어린애를 꾸짖듯 맹자는 만사위를 매섭게 꾸짖었다.

"이 놈이~!"

만사위는 치솟는 부아를 참지 못하고 칼을 들어 맹자를 겨누었다.

"칼 따위로 나를 무너뜨릴 수 있다고 믿느냐? 웃기는 놈이로다. 네 놈이 옳다면 칼을 나에게 겨누는 짓을 하겠느냐? 옳지 않은 짓을 하는 놈들이 꼭 칼을 쓰려고 든다. 백성이 하늘이고 너는 땅이다. 어찌 땅이 하늘을 넘보느냐! 당장 칼을 내려놓고 무릎 꿇고 잘못을 빌지 못할까?"

맹자는 큰 산이었다. 거룩한 하늘이었다. 눈앞에 칼 따위는 바늘로도 보지 않는 엄청난 사람이었다.

"이이이~!"

맏사위 손이 심하게 떨렸다. 입술을 깨물었는지 입에서 피가 배어나왔다.

"야, 뭣들 해. 저따위 책만 읽고 말만 하는 놈, 싹 쓸어 버려."

뒤에 있던 둘째 아들이 모질게 내뱉었다.

그 말이 끝나자마자 뒤에 섰던 칼잡이 다섯이 칼을 휘두르며 달려들었다. 눈앞이 아득해졌다. 이대로 칼부림이 나면 사상가들 목숨도 목숨이지만, 나도 큰 벌을 받게 되기 때문이다. 그러나 칼잡이들이 휘두르는 칼 앞에 내 몸을 던질 수는 없었다. 칼잡이들이 칼을 휘두르며 다가들었지만 맹자는 눈썹하나 꼼짝 않고 노려보기만 했다.

그때였다. 묵자 몸이 튕기듯 앞으로 오더니 맹자 몸을 잡고 맹자를 뒤로 빼냈다. 묵자가 맹자를 뒤로 빼내지 않았다면 칼잡이들이 휘두른 칼에 맹지는 죽고 말았을 것이다.

"야, 저 얼굴 검은 놈도 죽어!"

둘째 아들은 막무가내였다. 맹자뿐 아니라 묵자까지 죽이라고 하다니 간을 어디 빼놓고 왔나 싶었다. 나중에 임금님 노여움을 어떻게 하려고 저러는지 모르겠다. 그러거나 말거나 둘째 아들이 시키는 대로 칼잡이들은 묵자에게 칼을 휘두르며 대들었다. 아무리 묵자가 싸움판에서 오래 굴렀다지만, 맨손으로 칼잡이 다섯에 맞서기는 쉽지 않아 보였다.

걱정스럽게 쳐다보는데 횃불 사이에서 검은 빛을 띤 세 사람이 튀어나왔다. 그들 손에도 칼이 들려 있었다. 검은 빛을 띤 세 사람은 다섯 칼잡이들이 휘두르는 칼을 아주 가볍게 막아냈다. 그러더니 곧바로 칼잡이들이 든 칼을 팅겨내고는 냅다 발을 내질렀다. 칼잡이들은 발길질에 얻어맞고 뒤로 나뒹굴었다. 검은 빛을 띤 사람은 셋이었지만 마치 한 몸처럼 움직였다.

다섯 칼잡이는 다시 칼을 움켜쥐고 달려들려고 했다. 그때 푸른 옷을 입은 이가 다섯 칼잡이와 검은 빛을 띤 사람들 사이로 끼어들더니 칼을 휘둘렀다. 푸른 옷을 입은 이는 빈 공간으로 칼을 휘저었을 뿐인데 양쪽에 선 누구도 그 사이에 끼어들지 못했다.

"건위 너 따위가 뭔데 내 일을 막아! 야, 저놈도 쳐!"

둘째 아들은 발을 동동 구르며 소리를 질렀다.

푸른 옷을 입은 이는 건위였다. 다섯 칼잡이들은 건위에게 대들며 칼을 휘둘렀다. 건위는 눈썹을 한 번 꿈틀거리더니 다가오는 칼을 가볍게 쳐내고는 빠르게 칼을 휘둘렀다. 어떻게 됐는지 알아보기 힘들 만큼 빨랐다. 건위가 칼을 거두어들이자, 다섯 무사들은 피를 흘리며 뒤로 물러섰다.

"이~ 건위 너!"

둘째 아들이 이를 악물었지만 어떻게 해볼 수가 없었다.

"비켜라, 건위! 네가 끼어들 자리가 아니다."

맏사위가 나서며 건위를 쏘아붙였다.

"저는 다섯 사상가들에게 잘못된 일이 일어나지 말게 하라는 경대부님 명령을 받았습니다."

건위는 마른 목소리로 대꾸했다.

"저 다섯 놈들이 범죄를 저지른 놈을 감싸고돈다. 저들은 법 위에 있단 말이냐?"

"저는 경대부님이 시키는 대로 할 뿐입니다."

"그래도 이놈이! 네가 경대부님을 믿고 나에게 대드는구나. 그래, 오늘에야말로 네놈 콧대를 꺾어주마. 안 그래도 네 놈 칼솜씨가 뛰어나다고 하던데 어디 한 번 겨뤄보자."

맏사위는 칼을 휘두르며 건위에게 달려들었고 건위는 부드럽게 맏사위 칼을 받았다.

칼이 어찌나 빠르게 움직이는지 어떻게 부딪치고 막는지 알아보기도 어려웠다. 칼과 칼이 부딪치는 소리가 수십 차례 들렸다. 팽팽하게 맞서는데 검은 옷을 입은 셋이 맏사위에게 달려들며 칼을 휘둘렀다. 네 명이 한 명을 몰아붙이니 맏사위는 곧바로 뒤로 밀리며 어려움에 처했다. 칼 넷이 곧 맏사위 몸으로 파고들 듯했다.

그때 농민들 틈에서 또다시 세 사람이 튀어나왔다. 그들은 붉은 옷을 입고 있었다. 그들은 곧바로 검은 옷을 입은 이들에게 달려들었고, 칼이 뒤섞였다. 건위와 만사위가 붙고, 검은 옷을 입은 이들과 붉은 옷을 입은 이들이 맞부딪쳤다. 목숨을 건 칼싸움이었다. 누구든 아차 하면 죽을 수밖에 없었다.

"멈춰라!"

하늘에서 천둥이 울린다고 해도 이보다 클까 싶은 목소리였다. 땅과 하늘을 뒤흔드는 목소리에 다들 잠깐 동안 칼을 멈추었다.

"벗들은 뒤로 물러서시게. 건위도 칼을 거두게."

묵자였다. 어느새 묵자 손에 쇠막대기가 들려 있었다.

"농민들이 왜 이렇게 떼로 몰려왔는지 들으려고 했을 뿐이니 모두들 칼을 집어넣고 물러서게."

검은 옷을 입은 이들은 칼을 집어넣고 뒤로 물러섰고, 건위도 다섯 사상가들 쪽으로 물러섰다. 그러나 만사위는 부아를 참지 못했다.

"어디서 너 따위가! 이름 두 글자만 믿고 날 뛰느냐!"

만사위는 칼을 휘두르며 묵자에게 달려들었다. 건위가 깜짝 놀라 칼을 뽑아 들려고 했지만, 건위보다 빠르게 묵자가 든 쇠막대기가 움직였다. 어떻게 했는지 알 수는 없었다. 다만 묵자가 쇠막대기를 몇 번 휘두르자 만사위가 든 칼이 하늘로 치솟았으며, 만사위는 괴로운 소리를 지르며 바닥에 무릎을 꿇었다. 붉은 옷을 입은 이들은 깜짝 놀라며 칼을 움켜쥐고 묵자에게 대들려 했으나, 묵자가 든 쇠막대기가 맏사위 목을 겨누는 모습을 보고는 뒤로 물러섰다.

"더는 칼을 휘두르지 마라! 나는 허모 이야기를 듣고자 한다. 농민들이 아무 까닭 없이 이렇게 떼로 몰려왔을 리 없다. 허모는 나서서 왜 찾아왔는지 제대로 밝혀라!"

묵자는 그야말로 우두머리였다. 아무도 묵자 말에 토를 달지 못했다. 모두가 입을 다물었다.

"어제부터 백성들 사이에서 세금을 두 배로 올려서 걷는다는 말이 돌았습니다. 처음에 우리도 믿지 않았지만, 그 말을 한 이들이 누군지 안 뒤엔 안 믿을 수가 없었습니다."

"누가 말했는가?"

허모는 말은 하지 않고 손가락을 붉은 옷을 입은 셋을 가리켰다.

"저들이 그랬단 말인가?"

묵자가 물었다.

"맞습니다. 저 셋이 주막에서 그런 얘기를 나누었습니다. 저 셋이 나누는 이야기를 듣고 백성들이 다들 놀라서 소문이 퍼졌고, 이렇게 몰려오게 되었습니다."

"아니 고작 저 셋이 주막에서 떠드는 이야기를 듣고 이렇게 몰려왔다니 말이 되는가?"

묵자는 어이없어 했다.

"말이 됩니다."

"왜 말이 되는가?"

"왜냐하면 저들은 바로 경대부님 맏사위를 늘 옆에서 따르는 칼잡이들이기 때문입니다."

그 말을 들은 묵자 눈이 동그랗게 커졌다.

"뭐라고? 정말인가?"

"여기 백성들은 저 셋을 아주 잘 압니다. 저들은 늘 맏사위와 같이 다녔기에 백성들 가운데 모르는 이가 없습니다. 그런데 저들이 주막에 앉아 세금을 곧 두 배로 올린다는 말을 하는데 놀라지 않을 백성이 어디 있겠습니까? 저 셋은 곧바로 주막을 떴기에 물어볼 수도 없었습니다. 앞서도 말씀드렸지만 이곳에 몇몇이 찾아오면 받아주지 않을 뿐 아니라 때리기까지 하니, 이렇게 떼로 몰려올 수밖에 없었습니다."

묵자 얼굴빛이 노여움으로 불타올랐다.

"너희들!"

묵자는 쇠막대기를 붉은 옷을 입은 셋에게 겨누었다.

"주막에서 세금을 두 배로 올린다는 말을 했느냐?"

붉은 옷을 입은 이들은 서로 얼굴을 바라볼 뿐 아무 말도 하지 않았다.

"똑바로 말하라! 대답하지 않는다면 그런 말을 했다고 받아들이겠다. 그런 말 한 적이 있느냐, 없느냐?"

묵자가 워낙 세차게 몰아붙였기에 붉은 옷을 입은 이들은 어쩔 수 없이 입을 뗐다.

"없습니다."

"우리는 그냥 국밥만 먹고 떠났소."

붉은 옷을 입은 이들이 이렇게 답하자 농민들 사이에서 부아가 치미는 소리들이 터져 나왔다.

"거짓말 마시오! 내 귀로 똑똑히 들었소."

"이 주막, 저 주막 다니며 잇따라 말하는 모습을 다 보았는데, 어디서 거짓말이오."

"나도 들었소."

"나도 들었는데, 왜 거짓말 하시오?"

묵자는 쇠막대기를 들지 않은 왼손을 들어 농민들 말을 막았다.

"너희들 말은 이 많은 농민들이 거짓말을 한다는 뜻이냐?"

묵자가 다시 붉은 옷을 입은 이들에게 물었다.

"우린 그런 적 없소. 억울하오."

붉은 옷을 입은 이들은 불쌍하게 보이려고 애썼다.

"나는 너희들이 멀리 떠나서 열흘 뒤에나 돌아온다는 말을 너희 대장에게 들었다."

대장이란 맏사위를 가리킨다.

"그런데 왜 여기에 있느냐? 왜 대장이 시키는 대로 하지 않고 여기에 와 있느냐?"

묵자가 따졌지만 그들은 아무 말도 안했다.

"대답을 못하는구나. 그렇다면 대장이 한 말은 거짓이냐, 진짜냐?"

그들은 입을 꾹 다물고 눈치만 살폈다.

"빨리 말 못하겠느냐?"

묵자가 아무리 다그쳐도 그들은 맏사위 눈치만 볼 뿐 말이 없었다.

"거짓이구나! 그렇다면 너희들이 있지도 않은 말을 일부러 퍼트러 농민들을 들끓어 오르게 만들었구나."

묵자가 내뱉은 말은 너무나 놀라웠다. 묵자가 한 말이 맞는다면 맏아들 칼부림을 몰래 꾸민 이가 맏사위란 말이 된다. 일부러 눈길을 밖으로 돌리려고 이런 짓을 저질렀다는 뜻이다. 그런데 맏아들을 칠 때 저 셋을 보냈으면 꼼짝 못하고 죽었을 텐데, 칼도 잘 쓰시 못하는 둘을 왜 보냈을까? 알다가도 모를 일이었다.

"저 검은 옷을 입은 이들이야말로 이 모든 못된 짓을 꾸민 놈들이 아니오. 저들 칼솜씨를 보자 하니 큰 처남을 해치려고 달려들 만한 놈들이 맞는데, 저놈들은 왜 가만히 두고 애꿎은 내 아랫사람만 괴롭히시오."

맏사위가 얼굴에 흐르는 피를 닦으며 무릎을 꿇은 채 묵자에게 따지고 들었다. 맏사위 말을 듣고 보니 그럴 듯했다. 저들은 거의 한 몸처럼 움직였다. 칼솜씨도 굉장했다.

"저들은 내 벗들이다. 나와 함께 하는 이들로 오늘 내가 이곳으로 온다고 하니 같이 따라와서 밖에서 기다렸다."

묵자가 말을 마치자 검은 옷을 입은 세 사람은 묵자 앞으로 오더니 무릎을 꿇고 절을 했다. 묵자가 고개를 끄덕이며 절을 받자 그들은 몸을 일으킨 뒤에 제자리로 물러났다.

"두 사람에게 묻겠다."

묵자는 맏사위와 둘째 아들을 가리키며 물었다.

"세금을 두 배로 올리기로 했는가? 그 말이 진짜인가?"

둘째 아들과 맏사위는 아무런 대꾸도 하지 않았다.

"모르느냐?"

묵자가 다그쳤지만 둘은 아무 말도 안 했다.

"좋다. 어디 얼마나 버티나 보자."

묵자는 손으로 전문을 불렀다.

"네가 경대부님을 옆에서 모신다고 들었다. 당장 경대부님께 뛰어가서 세금을 두 배로 올리는지를 알아 와라."

묵자가 시키자 전문은 잽싸게 안으로 들어가더니, 한참 뒤에 다시 나타났다.

"경대부님 말씀을 전합니다. 세금을 두 배로 올리는 이야기는 들어보지도 못했으며, 앞으로도 그럴 뜻이 없다고 말씀하셨습니다. 그런 거짓말을 퍼트리는 이가 있다면 크게 벌을 주겠다고 말씀하셨습니다."

전문 말이 끝나자 농민들 사이에서 엄청난 소리가 터져 나왔다. 농민들이 지르는 소리 가운데 "경대부님 만세!", "묵자님 만세!" 소리가 가장 크고 많았다. 맏사위와 둘째 아들은 똥 씹은 얼굴빛이 되었다.

불꽃이 한꺼번에 하늘로 치솟으며 우렁찬 소리와 함께 땅과 하늘을 뒤흔들었다.

08
장자와 걷는 발걸음

달빛이 환한 밤이었다. 발 아래로 흐르는 냇물이 노래를 부르고, 흩날리는 꽃잎은 솜사탕처럼 달콤한 향내를 내뿜고, 솔잎을 지나온 바람은 보드라운 살결을 어루만졌다. 이보다 더 좋을 수 없다며 흐뭇하게 걷는데, 저 앞에 흰 빛이 움직였다. 흰 빛을 따라 뛰는데 손이 묵직해졌다. 언뜻 보니 칼이었다. 언제 내가 칼을 들었는지 알 수 없었다. 칼은 달빛을 받아 날카로움을 더했다. 토끼는 생각보다 느려서 나는 머지않아 토끼를 따라잡았다. 손에 든 칼을 휘둘렀다. 흰빛이 붉게 물들었다. 흰 빛뿐 아니었다. 나를 감싸던 모든 풍경이 핏빛으로 뒤덮였다. 그때 뒤에서 누가 쫓아오는 발자국 소리가 들렸다. 사냥꾼이었다. 날카로운 칼을 든 사냥꾼이었다. 나는 무서워서 도망을 쳤다. 도망을 치는데 내 몸이 낯설었다. 사람이 아닌 느낌이 들었다. 가만히 보니 내 몸이 흰빛이었다. 뒷발이 길고 앞발은 짧았으며, 귀를 만져보니 위로 봉긋하게 솟구쳤다. 냇가를 지나가며 내 모습을 달빛에 비춰보니 토끼였다. 내가 토끼가 되어 사냥꾼에게 쫓기는데, 사냥꾼이 든 칼은 내가 아까 든 칼과 똑같았다. 내가 토끼인지 사냥꾼인지 잠깐 헷갈렸다. 잠깐 엉뚱한 생각을 하는 사이에 사냥꾼이 다가들었고, 토끼 등으로 칼이 파고들었다. 나는 토끼가 되어 칼에 맞았는지, 사냥꾼이 되어 토끼를 찍었는지 알 수가 없었다. 핏빛과 흰빛이 뒤엉켜 머리가 어지러웠다. 칼날과 등이 사늘하게 뒤엉키며 온몸이 흠뻑 젖었다.

"아~악!"

나는 소리를 지르며 깨어났다.

몸을 만져 보니 땀이 흥건했다. 깨어났음에도 꿈이 뚜렷하게 생각났다. 그런데 깨어나서도 헷갈렸다. 내가 토끼였는지 사냥꾼인지 알 수가 없었다. 토끼였다가 사냥꾼이 되었는지, 사냥꾼이었다가 토끼가 되었는지도 뚜렷하지 않았다.

다시 눈을 감았지만 잠이 오지 않았다. 머리가 아팠다. 사냥꾼과 토끼가 뒤엉켜서 뛰어다녔다. 일어나서 문을 열고 나갔다. 꿈에서처럼 달빛이 나를 맞이했다. 달빛을 따라 걷고 싶었다. 느릿느릿 발이 가는 대로 걸었다. 바스락 소리가 날 때마다 뒤에서 누

가 쫓아오지 않을까 움찔하며 뒤를 봤지만 아무도 없었다. 밤이
고즈넉하게 나를 감쌌다.

"네가 웬일이냐?"

어둠 속에서 갑자기 들려온 목소리였지만 놀라지 않았다. 왜 놀
라지 않았는지는 잘 모르겠다. 목소리도 발걸음 소리도 바람이 불
듯 아주 부드러웠기 때문이었을까? 아니면 사냥꾼과 토끼 때문에
지나치게 놀란 탓에 웬만해선 놀랍지 않기 때문이었을까?

"잠이 오지 않느냐?"

"네. 꿈이 사나워서 깼습니다."

"사나운 꿈이라…… 어떤 꿈인지 궁금하구나."

나는 장자에게 내가 꾼 꿈을 들려주었다.

"자네가 사냥꾼인지 토끼인지 헷갈렸나 보군."

"아직도 잘 모르겠습니다."

나와 장자는 달빛을 벗 삼으며 느리게 걸었다.

"나도 엇비슷한 꿈을 꾸었다네. 꿈에 나비가 되는 꿈이었지. 훨
훨 날아다니는 나비가 되니 아주 즐거웠네. 꽃 냄새를 맡으며 들
판 곳곳을 날아다니니 내가 나인 줄 잊었지. 그러다 갑자기 잠에
서 깨었는데 나도 자네처럼 헷갈렸다네. 내가 사람으로 살다 나비
꿈을 꾸었는지, 나비가 사람 꿈을 꾸는지 알 수가 없었어."

장자가 나와 엇비슷한 꿈을 꾸었다니 야릇했다.

"나와 나비는 따로 있네. 사냥꾼과 토끼도 따로 있네. 그렇지만

나는 꿈속에서 내가 나비인지, 나비가 나인지 헷갈렸고, 자네는 꿈속에서 사냥꾼이 자네인지 토끼가 자네인지 헷갈렸네."

나는 느린 발걸음에 맞춰 느리게 고개를 끄덕였다.

"우리는 둘인 듯하지만 둘이 아니고, 하나인 듯하지만 하나가 아니네. 내가 네가 되고, 너는 나비가 되고, 나비는 장자가 되고, 장자는 사냥꾼이 되어 토끼를 쫓다가, 다시 토끼가 되어 쫓기기도 한다네."

알아듣기 어려운 말이었다.

"무슨 말인지 잘 모르겠습니다."

"큰 눈으로 보면 손가락 하나가 온 누리와 같고, 새 한 마리가 온 누리라네. 우리 눈으로 보기에 풀잎과 기둥이 다르고, 문둥병자와 미녀가 다르지만 큰 눈으로 보면 풀잎과 기둥이 같고, 문둥병자와 미녀가 다르지 않다네. 어떤 면에서는 나쁘지만 어떤 면에서 보면 좋다네. 온 누리는 나와 한 몸뚱이며, 나는 온 누리와 하나라네."

나는 걸음을 멈췄다. 들어보지도 못한 이야기였기 때문이다. 순자가 하늘은 그저 자연일 뿐이며, 어떤 뜻을 지닌 거룩한 신이 아님을 말했을 때와 엇비슷했다. 장자가 하는 말이 맞는다면 내 모든 믿음은 무너지고 만다.

"사람은 축축한 곳에서 제대로 서 있지도 못하지만 미꾸라지는 축축한 곳이 가장 좋은 잠자리고, 사람은 높은 나무에 올라가면 두렵지만 원숭이는 높은 나무 위에서 신나게 뛰어노네. 아무리 아름다운 사람도 물고기나 토끼가 보면 놀라서 도망을 간다네. 사람에겐 아름다워 보여도 짐승에겐 무섭기 때문이지."

가만히 곱씹어 보니 장자가 하는 말을 조금은 알 듯했다.

"오늘 수많은 토론이 있었습니다. 장자님 말씀은 그 토론들이 보기에 따라서 옳기도 하고, 그르기도 하다는 말씀이십니까? 따라서 그런 토론은 하나마나 하다는 말입니까?"

내 물음을 듣고 장자는 살며시 웃었다.

"토론을 하지 말아야 한다는 말이 아니네. 내 눈으로 보면 옳지만 다른 사람 눈으로 보면 옳지 않을 수도 있음을 받아들이라는 말이네. 제 뜻을 꽉 움켜쥐고 다른 사람 생각은 모두 틀렸다고 칼같이 내치지 말라는 뜻이네."

"맞습니다. 오늘 선생님들 이야기를 듣는데 어떤 때는 모두 맞는 듯하고, 어떤 때는 모두 틀리는 듯했습니다. 옳고 그름을 가르기가 정말 어려웠습니다."

장자는 다시 느리게 걸었고 나도 따라서 걸었다.

"옳고 그름을 내가 선 자리에서 보지 말고 큰 눈으로 봐야 하네."

"큰 눈이란 무엇입니까?"

"큰 눈을 나는 도(道)라 부르네."

도(道)라는 말, 정말 많이 들었다. 그러나 도(道)가 무엇을 뜻하는지는 아직도 모르겠다. 앞으로도 알 수 있을지 모르겠다.

"도대체 도(道)는 어디에 있습니까?"

답답한 마음에 물었다.

"모든 곳에 있다네."

장자가 답했다.

"예를 들어 말씀해주십시오."

내가 다시 물었다.

"개미에게 있다네."

장자가 말했다. 나는 도(道)가 개미에게 있다는 말을 받아들일
수 없었다. 도(道)가 개미에게 있다니 말이 안 된다.

"그런 하찮은 개미에게 도(道)가 있다니 말이 안 됩니다."

내가 따져 물었다.

"들판에 피는 풀에도 도(道)가 있다네."

장자 대답에 나는 더 놀랐다.

"아니 풀 같이 하찮은 목숨에게 도(道)가 있습니까?"

나는 살짝 짜증이 났다.

"기와나 벽에도 있다네."

갈수록 엉뚱했다.

"똥에도 있다네."

더는 물을 수 없었다. 어이없어서 말문이 막혔다.

"잘 듣게. 도(道)는 어디에나 있네. 온 누리에 도(道)가 있네. 내

가 좋아하는 사람은 아니지만 공자가 이런 말을 했지. 셋이 같이 가면 그 가운데 스승이 꼭 있다고. 도(道)도 마찬가지네. 어디에나 배움은 있으며, 어디에나 길이 있고, 어디에나 거룩함이 있다네."

"그렇다면 도(道)가 저에게도 있습니까?"

나는 일부러 이렇게 물었는데 장자는 우뚝 서서는 나를 빤히 쳐다보았다. 나는 눈길을 피하지 않고 마주보았다.

"그렇고말고. 이제야 알겠는가?"

나는 놀라서 입이 저절로 벌어졌다.

"온 누리 어디에나 도(道)가 있는데 자네에게 도(道)가 없을 리 있나. 자네에겐 이미 넘치도록 도(道)가 있다네. 다만 자네가 그 도(道)를 찾아내지 못했을 뿐. 아니 자네는 모르지만 이미 도(道)는 자네 안에서 움직이며 자네 삶을 꾸려가고 있지."

들을수록 놀라웠지만 도저히 믿을 수가 없었다. 벌어진 입이 다물어지지 않았다.

"어떤 사람이 큰 사람인가?"

장자가 말을 돌리며 내게 물었다.

나는 두 손으로 얼굴을 여러 차례 문질렀다.

"나라 힘을 키우는 데 큰 노릇을 한 사람, 거룩한 학문을 이룩한 사람, 전쟁에 나가 큰 공을 세운 사람, 그런 사람이 큰 사람이라고 생각합니다."

나는 곰곰이 생각한 뒤에 말했다.

"허유라는 분이 계셨네. 나라를 아주 잘 다스린 요임금이 허유에게 임금 자리를 물려주려고 하였지. 허유가 그만큼 큰 사람이었기 때문이네. 여느 사람 같으면 얼른 임금 자리를 받았을 텐데 허유는 단 칼에 내차 버렸다네. 허유는 '뱁새는 넓은 숲에서 집을 짓고 살지만 나뭇가지 하나만 있으면 되고, 두더지는 강에서 물을 마시지만 자기 배만 부르면 됩니다. 뱁새는 숲에서 살 뿐 숲을 차지하지 않고, 두더지는 강물을 마실 뿐 강물을 차지하지 않습니다. 저에겐 이 나라 모두를 준다고 해도 다 쓸 데가 없습니다' 이렇게 말하고는 임금 자리를 받지 않았다네."

"진짜 허유란 분이 그러셨습니까?"

"그렇다네."

"아니, 임금 자리를 거저 주겠다는데 받아들이지 않다니요? 어떻게 그런?"

나는 말문이 막혔다. 정말 어이가 없었다.

"허유야말로 큰 사람이라네. 사람이 사는데 작은 집 한 채와 먹고 살만한 먹을거리와 같이 이야기꽃을 피울 벗이 있다면 넉넉하지 않겠는가? 더 무엇이 있어야 하는가? 물을 마시려고 큰 강을 모두 가져야 할 까닭이 있는가? 그저 한 모금 물만 있으면 되네. 그게 바로 도(道)를 따라 사는 사람이 취하는 자세라네."

허유란 분은 생각할수록 엄청났다. 내가 꿈도 꾸지 못할 큰 사람이었다.

"자네 얼굴을 보니 임금 자리를 받아들이지 않을 만큼은 되어야 큰 사람이 되나 보다 생각하는군."

"어떻게 아셨습니까? 맞습니다. 저 같은 사람은 꿈도 못 꾸죠."

나는 쑥스럽게 웃으며 말했다.

"자네는 아직도 생각이 뻔한 틀을 벗어나지 못했어. 허유는 그냥 농부네. 산과 들을 벗 삼아 놀면서 자연이 흐르는 대로 농사를 짓는 농사꾼일세. 어젯밤에 온 수많은 농부들과 다를 바 없는 사람이네. 다만 그 마음이 어디 얽매이지 않고 바람처럼 자유로울 뿐이네. 그 사람이 어떤 사람인지는 겉이 아니라 그 사람이 얼마나 자유로운 마음으로 살아가는지에 달렸다네."

나는 장자 말을 가만히 곱씹었다. 곱씹고 또 곱씹었다. 그러다 천둥번개가 온 몸을 뚫는 듯한 느낌에 사로잡혔다. 처음엔 장자가 하는 말이 '사람이란 작은 시골에서 가만히 재미있게 살면 된다'는 생각으로 받아들여졌는데, 가만히 짚어보니 엄청난 생각이었다.

"선생님은, 우리가 믿고 사는 우리가 옳다고 믿는 모든 살아가는 틀이, 도(道)에 어긋난다고, 그러니까 바르지 못하다고 보시는군요."

장자가 내 말을 듣더니 활짝 웃었다.

"이제야 알아들었군. 그렇다네. 맹자가 말하는 왕도정치(王道政治)란 그대로 두면 잘 살아갈 사람들에게 얼토당토않은 혹을 붙이는 짓이라네. 묵자가 말하는 겸애(兼愛)란 사랑을 억지로 하라는 말이지. 자네도 알지만 사랑이 억지로 되던가? 순자는 예(禮)로 사람을 이끌라고 하나, 예(禮)란 사람이 살아가면서 한때 몸에 붙은 틀이기에 언제든지 바뀐다네. 한비자는 법(法)을 말하나 법이야말로 예(禮)보다 못하네. 회초리를 들어 사람을 제 뜻대로 끌고 가려는 어리석은 짓이지."

"그렇다면 선생님은 사람들이 알아서 살아가게 내버려 두라는 말입니까?"

"맞네. 사람은 서로 작은 마을을 이루고, 이웃과 벗하며, 자연과 더불어서, 삶에서 기쁨을 찾으며 살면 된다네. 더 무엇을 해야 하는가? 여기서 더 무엇을 바라야 하는가? 임금들은 온 누리를 평화롭게 하려고 전쟁을 한다고 하지만, 바로 그 전쟁이 온 누리를 뒤죽박죽 엉망으로 만든다네. 학문을 했다는 학자들은 백성들 앞에서 잘난 척하지만, 백성들이야말로 어떻게 살아가야 하는지를 학자들보다 훨씬 잘 안다네. 학자들은 백성들을 제 뜻에 맞게 억지로 끌고 가려 할 뿐이네. 높은 자리에 있는 이들은 스스로가 뭐라도 되는 양 으스대지만 그들이 붙잡고 있는 자리란 봄 햇살에 눈이 녹듯이 얼마 지나지 않아 다 사라진다네."

나는 이보다 더 무서운 말을 들어보지 못했다. 이보다 더 임금과 학자들과 권력자들을 깔아뭉개는 이야기를 들어보지 못했다. 모든 사람들이 장자 말을 따른다면, 그렇게 되면 아무도 전쟁에 나서지 않고, 아무도 더 빠른 기계를 만들려고 애쓰지 않고, 아무도 남을 짓밟고 이기려고 나서지 않게 된다. 그러면 그 누구도 위에 서지 못하고, 묵자 말처럼 모든 사람이 평등하게 살아가게 된다. 말은 엄청나다. 그러나 그럴 수 있을까?

"놀라운 말씀입니다. 그러나 선생님 말씀처럼 사람들이 살 수 있을까요?"

내 물음을 듣고 장자는 그 어느 때보다 환하게 웃었다.

"사람들이 내 뜻대로 살든 말든 나는 마음에 두지 않네."

"아니 왜?"

어안이 벙벙해서 물었지만 장자는 답을 하진 않고 달을 가리켰다.

"저 달을 보게. 늘 모습이 바뀌지만 언제나 밤하늘에 떠서 우리를 맞이한다네. 도(道)도 마찬가지네. 그 모습이 바뀌지만 언제나 우리와 함께 하지."

달이 내 두 눈을 가득 채웠다.

"앞으로 사람들은 한비자나 순자가 한 말처럼 살게 되겠지. 맹자가 바라는 대로 옳은 뜻만 좇으면 사는 사람은 많지 않으리라 보네. 묵자야 뜻은 좋지만 많이 가진 사람이 제 욕심을 버리지 않을 테니 묵자가 바라는 사회는 오기 힘들 걸세."

장자 얼굴에 낯선 어둠이 잠시 떠올랐다가 사라졌다.

"권력이란 믿음에서 온다네. 사람들이 그렇게 믿으면 그 믿음이 바로 힘이 되지. 그래서 내가 보기에 앞으로 권력자들은 '임금

이 시키는 대로 해야 충성이고, 어버이가 시키는 대로 해야 효도'
라고 가르쳐서 백성들이 제 뜻대로 살지 못하게 할 걸세. 권력자
들은 '다투어서 이겨야 하고, 이기면 성공한 삶'이라고 가르쳐서
백성들이 권력이란 애써 이룬 이가 얻는 선물이라고 믿게 만들 걸
세. 권력자들은 '더 좋은 기계를 만들고, 더 많이 가지면 더 나은
삶이 온다'고 가르쳐서 백성들이 끊임없이 물건 욕심에 빠져들게
만들 걸세. 권력자들은 '더 많은 법을 만들면 더 살기 좋아진다'고
가르쳐서 백성들이 스스로를 옥죄는 법을 받아들이도록 만들 걸
세."

장자 말을 들을수록 가슴도 점점 답답해졌다.

"그리 살면 안 되지만 사람들은 그렇게 살아갈 수밖에 없겠지.
그게 맞다고 배울 테니까. 가슴이 아프지만 이제 오랫동안 사람들
은 제 뜻대로 살지 못하고, 제 살고 싶은 대로 살지 못하고, 권력
자 몇몇이 옳다고 말하는 대로 끌려가며 살게 되겠지. 그 길이 스
스로를 죽음으로 이끌고, 삶을 엉망으로 만드는 줄도 모르고 말이
야."

장자는 나를 지그시 바라보았다.

"사람은 제 손이 아니라 기계에 몸을 맡긴 채 스스로를 잃어버
린 채 살게 될 걸세. 더 나아지려고 부지런히 살지만 부지런할수
록 힘 있는 사람만 잘 살게 되겠지. 아주 오래 시간이 흐른 뒤에
야, 사람들은 그리 살면 안 된다는 점을 알게 될 거야. 사람이 스스

로 먹을거리를 얻고, 스스로 집을 짓고, 스스로 옷을 짓고, 제 나름 즐거움을 누리며 사는 삶이 진짜 삶임을 깨닫게 되리라 믿네."

　말을 마친 장자는 대문 쪽으로 걸었다. 동녘 하늘에 흰빛이 퍼져나갔다.

　"아니 왜 대문 쪽으로 가십니까?"

　내가 서둘러 뒤쫓으며 물었다.

　"이곳을 떠나려 하네."

09
범인은 누구인가?

"직하로 가십니까?"

"직하는 내 몸에 어울리지 않는 옷이네. 많은 이들을 만나 이야기를 나눌 수 있다기에 잠깐 들렀을 뿐."

장자는 옷을 탈탈 털더니 문지기에게 문을 열어달라고 했다. 문지기는 군소리 없이 문을 열었다. 장자는 문밖으로 나갔고 나도 따라 나섰다. 새벽바람이 살결을 쓰다듬고 지나갔다. 아무 말 없이 걷던 장자가 발걸음을 멈췄다.

"내가 이대로 떠나면 자네가 딱해지겠군."

장자가 몸을 돌려 나를 봤다. 눈빛에서 안쓰러움이 잔뜩 묻어났다.

"경대부가 아주 몹쓸 사람이군."

장자는 잠깐 생각에 잠긴 듯했다.

"저 같은 사람이 뭘 어쩌겠습니까? 때리면 맞고, 벌을 주면 벌을 받아야지요."

나도 모르게 얕은 한숨이 입술 사이로 밀려나왔다.

"범인을 알려준다면 자네는 괜찮을까?"

장자 말을 듣고 나는 화들짝 놀랐다.

"범인이 누군지 알아내셨습니까?"

"알다마다."

"어떻게?"

장자는 얕게 웃었다.

"저들은 작은 눈으로 사람을 보지만, 나는 큰 눈으로 사람을 보기에 저들이 보지 못하는 참모습을 볼 수 있다네."

"그냥 큰 눈으로 본다고 보인단 말입니까?"

"큰 눈이란 얽매임 없는 마음이라네. 사람은 늘 제 생각에 발목이 잡혀 새로움을 알아보지 못하고, 더 큰 사람으로 자라지 못하지. 더없이 자유로워지면 흘러가는 기운이 보이고, 가만히 보기만 해도 참이 무엇이고, 거짓이 무엇인지 알아 볼 수 있다네."

나는 어제 장자 모습을 떠올렸다. 장자는 누구보다 말이 없었다. 그저 먹을거리가 오면 먹을거리를 먹었고, 다른 사람이 말을 하면 가만히 듣기만 했다. 딱 한 번 어울려서 토론을 벌였지만, 그리 센 토론은 아니었다. 농민들이 몰려왔을 때도 가만히 지켜보기만 했다. 터놓고 말해서 나는 그 점이 마음에 들지 않았다. 왜냐하면 나설 때 나서지 않고 뒤로 빼는 겁쟁이로만 보였기 때문이다. 그런데 그저 가만히 지켜보기만 하던 장자가 범인이 누군지 알아내다니, 참으로 놀라웠다.

"범인이 누굽니까?"

나는 예의가 아닌 줄 알면서도 다그쳐 물었다.

"과연 범인을 밝혀서 좋을지는 잘 모르겠네."

"범인을 잡자고 하신 분은 선생님이십니다."

"자네 때문이었지. 자네가 어려움에 빠지는 꼴을 보기 싫었기 때문이네."

"그 고마움은 잊지 않았습니다."

나는 살짝 고개를 숙였다.

"어차피 말을 꺼냈으니 알려주고 가야겠지."

"고맙습니다."

"고마워하게 될지, 날 미워하게 될지는 모를 일이네. 아무튼 들려주기로 했으니 말해주겠네. 나머지는 자네가 알아서 하게."

장자는 범인이 누군지 나에게 말했다.

"정말입니까?"

나는 그야말로 깜짝 놀랐다.

"믿을 수 없습니다."

범인은 내가 생각지도 못한 사람이었다.

"도대체 왜 범인이라고 생각하십니까?"

장자는 내가 알고 싶은 모든 이야기를 들려주었다.

장자 말은 앞뒤가 딱딱 맞아떨어졌다. 범인이 드러났다고 해서 마냥 좋지는 않았다. 내가 장자에게서 들은 이야기를 있는 그대로 밝혔다가는 내 목숨이 날아갈 수도 있기 때문이다. 마음이 어지러웠다. 내가 들은 이 이야기를 어떻게 해야 할지 알 수가 없었다.

"그거 보게. 도움이 될지 안 될지는 지나가 봐야 안다고 하지 않았나. 오늘날 사람들과 어울려 살려면 때로는 듣고도 못 들은 척해야 하며, 보고도 못 본 척해야 하며, 말할 줄 알아도 말 못하는 척해야 한다네."

차라리 듣지 말걸 하는 후회가 밀려들었다.

"제나라는 가장 힘이 센 나라고, 직하는 제나라 임금과 가까워질 수 있는 아주 좋은 곳이지. 그만큼 권력만 바라보는 해바라기들이 직하에 들끓는다네. 직하에는 말이 넘치지만, 그 말들이란 아무리 멋져 보여도 임금님 눈에 들어 벼슬을 얻으려는 이들이 애처롭게 쏟아낸 몸부림일 뿐이네. 어디 직하뿐이겠는가? 온 누리가 온통 서로 짓밟고 위로 올라서려는 이들로 가득하니, 이 땅에 사는 한 속 좁고 어떻게든 남을 짓밟으려는 사람들과 부대끼며 살 수밖에 없지."

문뜩, 멀리 떠나고 싶은 생각이 들었다. 사람이 없는 곳, 그저 자연만 있는 곳에서, 작게 먹고 작게 누리며 살고 싶었다. 그 쪽이 훨씬 가볍고 기쁘겠다는 생각이 들었다.

"나는 바람이네. 바람이 갇히면 썩는다네."

그 말을 남기고 장자는 바람처럼 사라졌다. 장자가 사라진 곳을 한없이 보며 무거운 마음을 달랬다. 나도 장자처럼 바람이 되어 떠나고 싶었다. 그러고 싶지만 어머니 얼굴이 떠올라 그럴 수 없었다. 나에게만 기대어 사시는 어머니를 두고 나만 바람이 되어 살아갈 수는 없었다.

나는 몸을 돌려 문 안으로 들어왔다. 걸음이 무거웠다. 한 걸음을 옮기는 데도 온 힘을 쥐어짜내야 했다. 고개를 들 힘도 없어서 땅만 보고 걸었다. 어깨 뒤에 수천 근이나 되는 짐이 실린 듯했다.

* * *

"꼭 죽으러 가는 사람처럼 걷는구나."

굵은 목소리에 놀라 고개를 들었다. 묵자였다.

"뭔 일이 있기에 그리 죽을 듯 괴로워하며 걷느냐?"

나는 빠르게 몸을 추스르며 아무렇지 않은 척했다.

"아무 일도 아닙니다. 그냥 잠깐 힘들어서 그랬을 뿐입니다."

"그래?"

묵자는 알 듯 모를 듯한 웃음을 지었다.

나는 그때서야 묵자를 제대로 보았다. 아주 멀리 떠나려고 마음먹은 옷차림이었다.

"어디 멀리 가십니까?"

"내가 있을 곳이 아니어서 떠나려 하네."

"직하로 돌아가십니까?"

"직하는 잠깐 들른 곳일 뿐, 내가 있을 곳이 아니네. 직하는 많은 생각들이 넘치지. 좋은 사람들도 많고, 백성에 도움을 주려고 애쓰는 이들도 많네. 그러나 그래봤자 임금 눈에 들지 않으면 아무 일도 하지 못하네. 나는 임금 눈에 잘 보이려고 꼬리치는 강아지로 살기는 싫네."

장자가 직하를 두고 했던 말이 떠올랐다. 두 사람 말은 비슷한 듯 하면서도 달랐다.

"나는 힘없고 못 배운 이들 곁에서 살려고 마음먹은 사람이네. 그들이 있는 곳이 내가 있어야 할 곳이라네. 그동안 고마웠네."

묵자는 두 손을 모으더니 윗몸을 내 쪽으로 살짝 굽혔다. 나도 두 손을 모으고 윗몸을 깊이 숙여 절을 했다.

그렇게 말하고 묵자는 발걸음을 빠르게 옮겼다. 문 밖으로 나가자 검은 옷을 입은 무리가 나타났다. 그들은 한결같이 얼굴이 검고 몸이 단단했다. 기다리는 이들 가운데는 어젯밤에 칼을 휘두른 사람들도 보였다.

"이제 그만 들어가게."

"네. 알겠습니다. 잘 가십시오. 참, 장자 선생님께서도 아침 일찍 떠나셨습니다."

"그랬군. 나와 다른 까닭이긴 하지만 그분도 이곳과 어울리진 않지. 어울리지 않는다고 생각하면 재빨리 떠나야지."

그렇게 말하며 묵자는 나를 가만히 살폈다.

"혹시, 자네 장자 선생께 무슨 말을 듣지 않았나?"

속이 뜨끔했다.

"어떻게 아셨습니까?"

모른 척해야 하는데, 내 뜻과 다르게 이 말이 튀어나오고 말았다.

"나는 전쟁터에서 수없이 많은 사람들을 만났네. 사람 얼굴을 보면 얼마만큼은 속마음을 알아채지. 아까 자네는 곧 죽을 사람처럼 걸었어. 그렇다면 장자 선생께서 자네에게 아주 큰 비밀을 들려주었다는 뜻이지. 그 비밀이란 우리가 찾는 범인일 테고."

묵자는 내 속을 환하게 들여다보았다. 무서웠다. 묵자가 내 속을 들여다본다면 전영 경대부라고 내 속을 들여다보지 못할까? 이대로라면 나는 이미 죽은 목숨이다. 나는 하는 수 없이 장자에게 들은 이야기를 묵자에게 털어놓았다.

"흠, 놀랍군. 자네가 힘들만 하겠어. 자칫 잘못했다간 자네 목숨이 끊어질지도 모를 일이군. 어떻게 할 생각인가?"

"저 같은 사람이 뭘 어떻게 하려고 해서 뭐가 되겠습니까? 그냥 그러려니 하면서 운에 맡겨야지요."

"운이라~!"

묵자가 피식 웃었다.

"어리석은 사람들이 꼭 운에 제 목숨을 맡기지. 사람은 제 노릇 하기 나름이라네. 제가 할 바를 하지 않는 사람들이 나쁜 일이 일어나면 꼭 운이 나쁘다고 핑계를 대지. 자네도 그런 사람이 되려고 하는가?"

"아닙니다."

"그럼 나와 같이 가면 어떤가?"

갑작스런 말에 어떻게 말해야 할지 몰라 입이 떨어지지 않았다.

"자네가 새롭게 살 길을 내가 알려주겠네. 나와 같이, 우리 벗들과 같이 가세. 우린 하나로 지낸다네. 우린 한 형제보다 더 가깝게 지내지. 우리는 한 몸처럼 생각하고 움직인다네. 우리는 이 땅에 사는 백성들 삶이 조금이라도 나아지게 하는데 온 몸을 던지려고 마음먹었어. 그러니 자네도 함께 가세. 자네가 지닌 올바른 뜻을 같이 펼쳐 보세. 가는 길이 가시밭길이겠지만 보람은 그 어떤 삶보다 많을 걸세. 같이 가겠는가?"

나는 곰곰이 생각했다. 멋있었다. 묵자는 이곳에서 본 사상가들 가운데 가장 멋있었다. 수많은 농민들이 묵자를 좋아하고, 엄청나게 많은 사람들이 묵자를 따른다. 칼도 잘 쓰고, 성을 지키는 재주도 뛰어나며, 사람을 이끄는 힘도 엄청나다.

그러나 나는 묵자처럼 살지 못한다. 나는 겁이 많고 힘든 일도 잘 못한다. 싸움도 못하고, 몸도 그리 튼튼하지 않다.

"고마운 말씀이지만, 묵자님 가는 길은 저와 다릅니다."

내가 그렇게 말하자 묵자는 더는 말하지 않았다.

"알았네. 어려운 길이 닥치더라도 굳세게 헤쳐 나가길 바라네."

묵자는 곧바로 기다리는 사람들에게 가더니 빠르게 사라졌다.

묵자가 떠나자 동녘 하늘이 점차 밝아졌다. 때가 이렇게 되었나 싶어 얼른 문 쪽으로 몸을 돌렸다.

* * *

"아! 너는!"

전문이었다.

전문은 나를 똑바로 보더니 다그쳐 물었다.

"너, 묵자 선생께 무슨 말을 들었지?"

"아니!"

"거짓말 마! 무슨 이야기를 들었잖아."

"아무 말도 안 들었어."

"너는 거짓말을 할 줄 몰라. 네 얼굴엔 '나에겐 큰 비밀이 있어요' 하고 말하는데?"

뜨끔했지만 전문에게 털어놓을 수는 없었다.

"묵자 선생께서 나와 같이 가자고 했어. 난 못가겠다고 했고."

거짓말이 아니었기에 나는 당당하게 말했다.

"그런 뻔한 거짓말 하지 마."

"진짜야!"

내가 아무리 아니라고 해도 전문은 꿈쩍도 안 했다.

"너는 묵자 선생께 어떤 비밀을 들었어. 그 비밀이 뭔지는 바보가 아니면 다 알아."

입이 바싹바싹 말랐다.

"나에게 말해."

전문이 나를 다그쳤다.

"치! 너 따위에게 왜?"

전문에게 말하면 경대부 귀에 그대로 들어간다. 그럴 바에는 내가 경대부에게 바로 가서 말해야 한다. 장자가 한 말이라면서 경대부에게 전하면 된다.

"날 깔보지 마!"

전문이 나를 노려봤다. 나를 집어삼킬 듯했다. 눈빛만 봤을 뿐인데 두려움이 저절로 일었다.

"내 성이 전(田) 씨야!"

성이 전(田) 씨면, 뭐 어떻다는 말인가? 그러다 갑자기 뒤통수가 확 당겼다. 왜 여태까지 그 생각을 코딱지만큼도 안 했단 말인가?

"그렇다면 너도?"

"그래! 나도 경대부 아들 가운데 한 명이야!"

나도 모르게 두어 걸음 뒤로 물러났다.

이거 완전히 코가 꿰었다. 엉뚱한 곳에서 내 목숨이 날아갈지도 모를 일이 생겼다.

"걱정하지 않아도 돼. 너에겐 아무런 일도 일어나지 않게 할 테니까."

"내가 널 어떻게 믿지?"

"지금 너는 다른 길이 없어. 나에게 말하고 목숨을 구하든지, 네 목숨을 걸고 이 일을 네가 풀어가든지. 어떻게 할래?"

나는 가슴이 콩알만해졌다. 그러나 그대로 전문을 믿고 모든 비밀을 털어놓을 수는 없었다.

"아직 내가 어떤 사람인지 모르나 본데, 좋아 내 이야기를 들려주지."

전문은 꽉 쥔 오른쪽 주먹을 왼손으로 쓰다듬었다.

"아버지는 아들만 40여 명을 두었어. 그 가운데 나도 한 명이야. 경대부에겐 부인이 많아. 내 어머니는 경대부 진짜 부인이 아닐 뿐만 아니라 노비야. 어머니는 나를 5월 5일에 낳았어. 내가 태어났다는 말을 듣자마자 경대부는 나를 버리라고 했어. 경대부가 버리라고 했지만 어머니는 차마 그럴 수 없어서 경대부 몰래 나를 길렀지. 내가 자란 뒤 어머니는 나를 경대부에게 데려갔어. 그때 경대부는 크게 노여워하며 어머니를 꾸짖었어."

아버지에게 버림받은 전문이 딱해 보였다. 나는 태어날 때부터 아버지가 없었다. 어릴 때부터 아버지가 없는 설움을 많이 받았다. 그러나 아무리 내가 설움이 크다고 해도 아버지에게 버림받은 전문이 겪은 아픔보다는 적을 듯했다. 전문이 들려주는 이야기는 이러했다.

＊ ＊ ＊

경대부는 전문 어머니를 몹시 꾸짖었다.

"내가 이놈을 버리라고 했는데, 어찌 내 뜻을 거스르고 몰래 길렀단 말이냐?"

경대부는 노여워하며 당장 전문을 죽이려고 했다.

전문 어머니는 어찌할 바를 모르며 싹싹 빌었다. 아들 목숨만은 구해달라고 빌었다. 그러나 전문은 목숨 따위를 구걸하고 싶지 않았다. 전문은 경대부에게 당당하게 말했다.

"경대부께서는 저를 왜 버리라 하셨습니까? 이제는 왜 저를 없애려 하십니까?"

"네놈이 5월 5일에 태어났기 때문이다."

"도대체 5월 5일에 태어난 게 무슨 죄입니까?"

"5월 5일에 태어난 자식은 키가 문기둥 높이와 같아지면 어버이에게 큰 해를 입힌다는 말이 있기 때문이다."

그 말을 들은 전문은 어이가 없었다. 기껏 그따위 말을 믿고 자식을 죽이려 드는 아버지라니, 전문은 이를 악물었다.

"사람 목숨을 하늘이 정합니까? 아니면 문기둥이 정합니까?"

전문이 따져 물었다.

경대부는 이맛살을 찌푸릴 뿐 대답하지 않았다.

"사람 목숨이 하늘에 달렸다면 경대부께서는 걱정하지 않으셔도 됩니다. 어차피 경대부께서 무엇을 어찌하든 하늘 뜻에 따라 되기 때문입니다. 맞습니까?"

전문이 물었다.

"맞는 말이다. 하늘이 이 만큼만 살라고 해 두었다면 사람이 어찌 겠느냐?"

경대부가 말했다.

"사람 목숨이 하늘이 아니라 문기둥 높이에 달렸다 해도 아무런 걱정을 하지 않아도 됩니다."

"그 까닭이 무엇이냐?"

"문기둥 높이에 사람 목숨이 달렸다면 문기둥 높이를 아주 높이면 되기 때문입니다. 문기둥 높이를 사람 키가 닿을 수 없을 만큼 높이면 아무런 일도 일어나지 않습니다. 사람 키가 한없이 자라지 않으니 문기둥 높이를 사람이 자랄 수 없는 높이만큼 높여 놓으면 경대부께서 걱정하시는 일은 일어나지 않습니다."

경대부는 전문이 하는 말을 듣고 무릎을 세게 쳤다.

"옳거니! 네 말이 모두 맞다."

경대부는 지붕이 흔들릴 만큼 크게 웃었다.

"네 머리가 꽤나 쓸 만하구나. 네 머리 덕을 좀 봐야겠다. 너는 오늘부터 내 바로 옆에 있으면서 내 심부름을 해라."

그때부터 전문은 경대부 아래서 심부름꾼 노릇을 했다.

* * *

전문이 경대부에게 받아들여진 이야기를 듣고 나는 적잖이 마음이 놓였다. 제 목숨이 달린 일을 당당하게 뛰어넘을 베짱과 지혜가 있는 전문이라면 이 일도 멋지게 해내리라 믿었다.

"좋아. 너를 믿고 이야기를 해주겠어. 들려주기에 앞서 물어보고 싶은 말이 있어. 내가 범인을 알려주면 너는 어떻게 할 거야?"

"칼을 빼지 않으면 모르되 칼을 뺐으면 할 수 있는 한 매섭게 휘둘러서 모조리 없애야지."

전문 말에서 무서운 기운이 풍겼다.

"무슨…… 말이야?"

나는 떨리는 가슴을 애써 누르며 물었다.

"칼을 쥔 사람은 머뭇거리면 안 돼. 그뿐이야. 자, 다른 이야기는 그만하고, 이제 나한테 네가 아는 비밀을 들려줘."

나는 깊이 숨을 들이마신 뒤에 장자에게서 들은 비밀 이야기를

전문에게 차근차근 전했다. 전문은 숨소리도 내지 않고 내 말을
귀담아 들었다.

　내 말을 다 들은 전문이 덥석 내 손을 잡았다.

　"고맙다. 너는 내게 진짜 큰 칼을 주었어. 네가 준 칼, 내가 정말
바라고 바라던 칼이야."

　전문 얼굴에 기쁨이 넘쳐흘렀다.

　나는 전문이 왜 그렇게 기뻐하는지 그때는 미처 알지 못했다.

　"나에게 털어놓았으니 너는 아무 말 말고 지켜만 봐."

　전문이 어떻게 할지는 알지 못했지만, 그때는 내가 진 무거운
짐을 덜었다는 생각에 우선 마음이 놓였다.

10
누구에게나 역린(逆鱗)은 있다

한비자는 굳은 얼굴로 전문을 쳐다봤다.

"정말 네가 범인을 알아냈고, 범인을 경대부 앞에서 밝히겠단 말이냐?"

"그렇습니다."

전문은 내게서 들었다는 말을 하지 않았다. 그냥 스스로가 알아냈다고만 말했다.

"네 얼굴을 보자 하니 범인이 꽤나 놀랄 만한 사람인가 보구나."

"맞습니다."

"그 사람이 자리가 높고 경대부가 믿는 사람이라면 도리어 네가 다칠 수도 있다. 그 점은 잘 알겠지?"

"물론 잘 압니다."

전문은 두려움이 없었다.

"네가 굳게 마음을 먹은 듯하니 말리지는 않겠다. 다만 한 가지 이야기를 들려주마."

그러면서 한비자는 위나라에 살았던 미자하란 사람 이야기를 들려주었다.

$$* * *$$

옛날에 위나라에 미자하라는 이가 살았는데 임금이 몹시 아꼈다. 어느 날 밤, 미자하 어머니가 몹시 아팠고 어떤 사람이 미자하에게 이를 알렸다. 궁궐에 있던 미자하는 빨리 어머니께 가고 싶었다. 임금이 쓰는 수레를 타면 가장 빨리 갈 수 있었다. 그러나 위나라 법에 임금이 타는 수레를 신하는 탈 수 없었다. 이를 어기고 신하가 임금이 타는 수레를 타면 다리를 자르는 벌에 처했다. 그러함에도 미자하는 어머니께 빨리 가려는 욕심에 수레를 지키는 사람에게 '임금께서 타고 가라고 했다'고 속이고는 임금이 타는 수레로 어머니께 다녀왔다.

나중에 위나라 임금이 이 일을 알게 됐다. 그런데 임금은 미자하에게 벌을 주기는커녕 아주 기뻐하며 미자하를 추켜세웠다.

"미자하는 다리가 잘리는 벌을 받을 줄 알면서도 어머니께 효도 하려고 수레를 타고 갔구나. 참으로 멋진 효자가 아니냐!"

이렇게 해서 미자하는 큰 죄를 짓고도 아무런 벌을 받지 않았다. 그만큼 임금이 미자하를 좋아했기 때문이다. 그러던 어느 날, 미자하는 임금과 함께 복숭아밭에 갔다. 미자하가 복숭아를 하나 따서 먹어보니 맛이 아주 좋았다. 미자하는 먹던 복숭아를 임금에게 바쳤다.

"임금님, 이 복숭아가 정말 맛있습니다. 드셔 보십시오."

옆에서 지켜보던 다른 신하들은 깜짝 놀랐다. 자기가 먹던 복숭아를 임금에게 바치다니, 여느 신하 같으면 생각지도 못했을 짓이었다. 신하들은 미자하가 못됐다면서 벌을 주라고 하였다. 그러나 임금은 껄껄 웃었다.

"맛있는 복숭아를 맛보면 끝까지 제가 먹고 싶을 텐데 나에게 주려고 참다니, 미자하야 말로 참된 신하가 아닐 수 없다. 미자하에겐 상을 줘도 모자란데 어떻게 벌을 주란 말이냐!"

이처럼 임금은 미자하를 끔찍하게 아꼈다. 그러나 사람 마음이 늘 똑같은 수는 없다. 임금이 미자하를 아끼는 마음은 점점 줄어들었다. 그러다 아주 사라지고 말았다. 그때 임금은 옛일을 끄집어냈다.

"미자하는 옛날에 나를 속여 내 수레를 탔고, 더럽게도 먹다가 만 복숭아를 내게 주었다."

임금은 크게 노여워하며 미자하에게 벌을 내렸다.

* * *

미자하 이야기를 마친 한비자는 말을 이었다.

"미자하는 그대로였지만 임금 마음이 바뀌면서 미자하는 칭찬을 받기도 하고 벌을 받기도 했네. 미자하를 아낄 때는 잘했다고 추켜세웠지만, 미자하를 아끼는 마음이 사라졌을 때는 크게 벌을 주었네. 같은 말, 같은 일이라도 받아들이는 사람 마음에 따라 좋은 일로 여겨지기도 하고, 나쁜 일로 여겨지기도 한다네. 그러니 윗사람에게 말을 할 때는 윗사람이 나를 아끼는지를 살펴야 하네. 귀에 거슬리는 말도 나를 아끼면 들어주겠지만, 달콤한 말도 나를 미워하면 노여워한다네. 알겠는가?"

"마음에 깊이 새기겠습니다."

전문이 말했다.

"하나만 더 말해주겠네. 용이란 동물은 잘 길들이면 그 등에 탈 수도 있다고 하네. 용 등에 타면 못할 일이 없지. 하늘을 날고 번개를 내리고 바다를 건너고 산을 무너뜨리는 힘을 발휘하네. 그 모든 일을 할 수 있지. 그러나 용 등에 탔어도 결코 하면 안 되는 일이 있네. 바로 역린(逆鱗)을 건드리는 일이지. 용에게는 목덜미 아래 거꾸로 난 비늘이 있는데 이를 '역린逆鱗'이라 하네. 역린을 건드리면 아무리 등에 태울 만큼 가까운 사람이어도 용은 그 사람을 곧바로 죽이고 만다네. 임금이나 권력자에겐 누구나 역린이 있다네. 아무리 믿음이 깊다고 해도 역린을 건드리면 목숨을 잃을 수도 있네."

"잘 알겠습니다. 그리고 역린이 어찌 임금이나 권력자에게만 있겠습니까? 모든 사람은 저마다 역린이 있습니다. 저도 역린이 있지요. 경대부님은 제가 잘 압니다. 경대부님 역린이 무엇인지도 잘 알지요."

전문은 자신감이 넘쳤다.

"그렇게까지 말하니 걱정하지는 않겠네. 좋아, 그럼 같이 가지."

우린 그렇게 해서 경대부에게로 갔다.

전문은 경대부를 보자마자 범인이 누군지 알아냈다고 말했다. 그 말을 듣자 전영 경대부 얼굴이 딱딱하게 굳었다. 곧이어 두 손으로 턱을 괴고는 앞에 선 전문을 노려보았다.

"네가 정말 범인이 누군지 알아냈단 말이냐?"

경대부와 떨어져서 보았음에도 경대부 눈빛에 다리가 후들거렸다. 전영 경대부는 제나라에서 임금 다음으로 힘이 세다. 전영 경대부 눈 밖에 나면 살아날 사람이 없다. 전영 경대부는 5월 5일에 태어난 아이는 어버이를 해친다는 미신을 믿고 아들인 전문을 없애려고 했던 사람이다. 겉으론 부드러워 보이고 백성들에게 잘 해주기도 하지만 권력을 휘두를 땐 한겨울 찬바람보다 매서운 사람이다.

"네. 알아냈습니다."

나는 겁이 나 죽겠는데 전문은 조금도 겁먹은 얼굴이 아니었다.

"만에 하나, 네가 죄 없는 이를 범인으로 몬다면 가만두지 않겠다. 무슨 말인지 알겠느냐?"

"압니다."

"좋다. 그럼 여기 선생님들 앞에서 이야기를 해 보아라. 선생님들께서는 전문이 하는 이야기를 듣다가 옳지 않은 대목이 나오면 짚어 주시기 바랍니다."

"알겠습니다."

"그렇게 하지요."

순자와 맹자가 말했다.

한비자는 말은 않고 고개만 끄덕였다.

"모든 일은 그날 밤, 큰형이 회택정에 홀로 갔기 때문에 일어났습니다. 그렇다면 큰형은 왜 회택정에 홀로 갔을까요?"

"둘째와 단 둘이 만나려고 갔다고 했지."

순자가 말했다.

"맞습니다. 둘째 형과 만나러 갔습니다. 그리고 둘째 형이 큰형을 만나러 간다고 하니까 큰 매형도 따라 나섰다고 했습니다."

"그런데 둘은 회택정이 아니라 회림정으로 갔지."

순자가 말했다.

"회택정에서 큰형이 혼자 기다리다가 둘째 형이 오지 않아서 떠나려고 할 때 칼잡이들이 달려들었습니다. 칼을 든 자들은 모두 셋이었고 검은 옷을 입고, 얼굴도 검은 천으로 가렸다고 합니다. 셋이 한꺼번에 나타난 점, 큰형이 여느 때라면 늘 칼잡이들을 데리고 다닌다는 점, 회택정은 식객들도 함부로 가지 않는다는 점, 이러한 점을 따져 보면 그 세 놈은 회택정에 큰형이 혼자 나타날 줄 알았다는 말이 됩니다.”

“나도 그 생각을 하지 않은 바는 아니다.”

순자였다.

“자네 말대로라면 둘째가 이 모든 일을 꾸몄다는 뜻이네. 그러나 건위 말에 따르면 검은 옷을 입은 놈들 가운데 굉장히 칼을 잘 쓰는 놈이 있었다고 했고. 둘째를 따르는 칼잡이들 가운데 건위 말에 어울리는 놈은 없다고 했네. 어젯밤에도 봤지만 둘째를 따르는 칼잡이들은 건위 발끝도 따라가지 못하는 놈들이었어.”

“맞습니다. 건위가 말한 재주를 지닌 칼잡이는 경대부님을 따르는 식객들 가운데 서넛, 그리고 큰 매형 밑에 있는 칼잡이 셋뿐입니다.”

“우린 경대부를 따르는 식객들은 만나지도 못했고 자네도 만나지 못했네. 그렇다면 자네는 맏사위 쪽 칼잡이들이 이 일에 얽혔다는 말인가?”

“맞습니다.”

“건위 말에 따르면 둘은 그냥 칼 쓰는 재주를 익혔지만 전쟁터에서 갈고 닦은 재주는 아니라고 했네. 오직 한 놈만 전쟁터에서 잔뼈가 굵었다고 했어. 만일 내가 맏사위라면 나는 그 셋을 한꺼번에 보내지 한 명만 보내지는 않아. 맏아들을 뒤끝 없이 죽이려면 그 셋을 한꺼번에 보냈겠지.”

“맞습니다.”

전문은 잇따라 ‘맞습니다’란 말을 내뱉었다.

“자네가 하는 ‘맞습니다’란 말이 무슨 뜻인지는 아나?”

순자가 걱정스럽게 물었다.

“압니다. 제가 한 말이 앞뒤가 안 맞는다는 뜻입니다.”

전문은 거리낌 없이 말했다.

“자네, 범인이 누군지 제대로 알기는 하는 건가?”

맹자도 걱정스런 목소리로 말했다.

“물론 압니다.”

“그럼 앞뒤가 안 맞는 말을 앞뒤가 맞게 해 보게.”

전문은 세 사상가와 일일이 눈을 맞춘 뒤 말을 꺼냈다.

“생각을 바꾸면 됩니다. 앞뒤가 엇나가는 까닭은 이 일을 딱 한 사람이 꾸몄다는 틀에 박힌 생각을 하기 때문입니다.”

“자네가 무슨 말을 하는지 아는가?”

한비자가 물었다.

“네, 압니다. 둘째 형과 큰 매형이 손을 잡고 큰형을 쳤다는 뜻이지요.”

드디어 나왔다. 저 말이 언제 나오나 기다리느라 내 손엔 땀이

홍건했다. 그 말을 들을 때 나도 모르게 경대부를 봤다. 경대부가 그 말을 듣고 어떤 얼굴빛을 할지 몹시 궁금했기 때문이다. 내 걱정과 달리 경대부 얼굴은 조금도 바뀌지 않았다.

"둘이 손을 잡았다고 하면 모든 말이 딱딱 맞아 떨어집니다. 둘째 형과 큰 매형은 큰형이라는 같은 적을 없애려고 손을 잡았습니다. 둘은 서로 가깝지는 않지만, 큰형이 사라지면 큰 이익을 봅니다. 큰형이 사라지고 나면 서로 다투어야 할 경쟁자가 되겠지만, 큰형이라는 같은 적이 있을 때까지는 같이 손을 잡기로 몰래 약속을 했습니다. 둘째 형은 큰형과 단 둘이 할 이야기가 있다면서 큰형을 불러냈습니다. 큰형은 둘째 형이 어떤 못된 짓을 꾸밀 수도 있다고 생각했겠지만, 둘째 형이 큰형 마음을 풀어 놓는 이야기를 건넸겠지요. 둘째 형이 그 말을 털어놓지 않고, 큰형은 아직 깨어나지 못해서 알지 못하지만 둘째 형에게 경대부께서 다그쳐 물어보면 털어놓으리라 봅니다. 물론 큰형은 사람을 잘 믿지 않아서 둘째 형 말을 다 믿지는 않았겠지만, 둘째 형 밑에 있는 칼잡이들 따위는 두렵지 않았기에 혼자 나갔습니다."

전문은 잠깐 숨을 돌렸다.

"그렇지만 큰형은 잘못 생각했지요. 큰 매형이 둘째 형과 손을 잡았다는 점을 몰랐으니까요. 두 사람은 일부러 회림정 쪽에서 기다렸습니다. 둘이 함께 한 까닭은 서로가 서로에게 그 때 그곳에 있었다고 다른 사람들에게 말해줄 수 있기 때문입니다. 둘이 별로 가깝지 않기에 두 사람이 서로 지켜주면 다들 믿을 수밖에 없습니다."

"잠깐!"

순자가 다시 끼어들었다.

"자네 말은 아주 그럴 듯하네. 내가 미처 생각하지 못한 점이야. 그렇지만 자네 말엔 아주 큰 구멍이 하나 있네."

"그 구멍이 무엇입니까?"

전문이 예의바르게 물었다.

"그곳에 나타난 칼잡이는 셋이었네. 자네 말대로라면 둘째 아들과 맏사위가 칼잡이들을 같이 보냈겠지. 그리고 칼잡이 솜씨로 봤을 때 둘째가 두 명, 맏사위가 한 명을 보냈네. 어느 한쪽만 보내면 서로 저는 안했다고 발뺌하고 다른 사람에게 죄를 뒤집어씌울 수도 있으니 칼잡이들을 같이 보냈겠지. 자네도 말했듯이 맏아들은 둘째가 데리고 있는 칼잡이들은 두려워하지도 않았네. 그렇다면 맏아들을 제대로 죽일 만한 칼잡이가 한 명뿐라는 말이네. 내가 이 일을 꾸민다면 나는 그렇게 보내지 않네. 한밤중이고 집과 꽤 떨어진 뜰이긴 하지만 칼부림을 일으키는 일이 어떻게 될지는 아무도 모르네. 맏아들이 만만한 사람도 아니고, 칼을 뽑았으면 반드시 죽여야 하네. 그러니 같이 사람을 보낸다고 칠 때 나라면 둘씩 보내겠네. 그래야 서로 딱 맞지. 큰아들도 제대로 죽이고 말이야. 안 그런가?"

166

"맞습니다."

"맞다니? 그렇다면 이제까지 자네가 한 말은 모두 어긋나지 않는가? 자네 말이 어느 하나라도 어긋난다면 자네가 범인이라고 말한 사람들을 범인이라고 여길 근거가 사라지네. 이 일에는 아직 뚜렷한 증거나 증인이 없네. 따라서 자네 말이 하나도 어긋나지 않고 앞뒤가 딱딱 맞아 떨어져야만 그나마 그 둘을 범인으로 몰 수가 있네. 작은 빈틈이라도 있다면 자네 말을 믿을 수가 없게 되네."

"그 말도 맞습니다."

순자는 어이없는 얼굴로 전문을 빤히 쳐다봤다.

"순자 선생님께서 하신 말씀은 모두 맞습니다. 저도 그 때문에 어찌된 일인지 한참 생각했습니다. 아무리 생각해도 그 점이 꺼림칙했기 때문입니다."

전문은 나와 결이 다른 사람이었다. 장자가 해준 이야기인데 모두 스스로 생각한 듯 꾸며냈다. 더구나 비밀을 한꺼번에 털어놓지 않고 일부러 의심을 일으키고 긴장을 높인 뒤에 답을 내놓아서 사람들이 저절로 믿게 만들었다. 왜 전문이 사상가들과 함께 경대부를 찾아왔는지 알만했다. 어쩌면 전문은 내가 어림하는 것보다 훨씬 무섭고 뛰어난 사람인지도 모르겠다.

"그러다 칼잡이가 세 명이란 숫자가 퍼뜩 떠오르더군요. 왜 세 명일까? 왜 하필이면 두 명도 아니고, 네 명도 아니고, 다섯도 아니고 세 명일까?"

전문은 둘레에 있는 모든 사람과 눈을 마주쳤다. 그러면서 말을 듣는 사람들이 궁금하게 만들었다. 듣는 사람들이 스스로 생각하게 만들었다. 그렇게 한 뒤에 제 생각을 들려주면 훨씬 더 잘 받아들인다는 점을 전문은 알고 있었다.

"설마?"

한비자가 말했다.

"한비자 선생님께서는 아시겠습니까?"

전문이 물었다.

"설마긴 하지만, 셋이란 숫자라고 하니 든 생각인데, 맏아들을 치려고 손잡은 이가 둘이 아니라 셋이라면, 셋이 손잡고 각자 한 명씩 보냈다고 한다면 말이 되네. 딱딱 맞아 떨어지네."

"맞습니다. 바로 그렇습니다."

"누구냐?"

그때까지 듣기만 하던 경대부 처음으로 말을 꺼냈는데, 말이 칼처럼 날카로웠다.

"도대체 누가 그 둘과 손을 잡고 맏이를 쳤다는 말이냐?"

"저도 처음엔 몰랐지만 어제 이야기를 나누던 모습을 떠올려보고는 알아차렸습니다."

전문이 머리를 조아리며 말했다.

"누구냐고 물었다. 뜸 들이지 말고 빨리 말해라."

"셋째 형입니다."

"뭣이?"

경대부가 책상을 쾅 내리치며 벌떡 일어섰다.

"셋째라니, 어찌 감히, 셋째라고, 네가 어찌 셋째를? 셋째는 늘 바른 길이 아니면 가지 않았다. 셋째는 결코 그런 못된 짓을 꾸미지 않아. 둘째와 사위 놈이야 넉넉히 그럴 만하지만, 나도 그 놈들이라고 생각은 했지만, 어떻게 셋째가? 네가 감히 셋째까지 못된 놈으로 만들다니, 셋째가 했다는 근거를 대지 못하면 네 목숨이 붙어있지 못할 줄 알라! 알겠느냐?"

경대부는 거칠게 자리에 다시 앉았다.

경대부 얼굴엔 노여움이 있는 그대로 드러났다. 역린이었다. 셋째 아들이 경대부에겐 건드리지 말아야 할 역린이었다. 만일에 전문이 까딱 말을 잘못했다가는 목숨이 날아갈 판이었다. 내가 두려워하던 바로 그 일이 내 눈앞에서 펼쳐졌다. 마음을 가라앉히려고 하는데 가슴이 나도 모르게 뛰었다. 두려움이 나를 집어삼켰다. 전문이 경대부를 설득하지 못하고, 벌을 받게 되면 전문이 나를 가만히 두지 않을지도 모른다. 내 말을 듣고 그렇게 했다고 이르면 경대부는 나도 가만 두지 않을 것이다. 내가 장자에게 들은 말이라고 해도 핑계일 뿐이다. 어차피 장자는 떠났고 장자가 와서 나를 지켜줄 수도 없다. 괜히 전문에게 얘기했다. 비밀은 그냥 비밀로 간직하고 입을 닫아야 했다.

나는 두려움에 어찌할 바를 모르는데 전문은 아무렇지도 않은 얼굴이었다. 오히려 더 차분해진 느낌이었다.

"어제 셋째 형과 선생님들이 만났습니다. 그 자리에서 많은 이야기가 오갔습니다. 이야기가 끝나고 선생님들이 나가려는데 셋째 형이 한비자 선생님께 물었습니다. 한비자 선생님, 셋째형 물음이 뭐였는지 떠오르십니까?"

"바른 목표를 이루려고 나쁜 술수를 써도 된다고 생각하는지 물었네."

한비자가 답했다.

"그래서 한비자 선생님께서는 뭐라고 하셨습니까?"

"바르고 나쁘다는 잣대가 무엇이냐고 되묻고는, 다스리는 이라면 꼭 꾀를 부릴 줄 알아야 하며, 꾀를 쓸 줄 모른 채 바른 뜻만 지니고는 아무 일도 이룰 수 없다고 말했네."

한비자는 어제 나눈 말을 그대로 되살려서 말했다.

"그 말을 듣고 셋째 형이 어땠죠?"

"얼굴빛이 바뀌었네. 어둡던 얼굴이 펴지고, 내게 고맙다고 말하면서 내 덕분에 마음이 가벼워졌다고 했네."

"다른 선생님들도 같은 기억이십니까?"

"나도 똑똑히 기억하네."

맹자가 말했다.

"셋째 아들이 그렇게 말하고 얼굴이 바뀌는 모습을 보면서 나는 아주 걱정스러웠네. 바른 길을 가려는 사람이 나쁜 꾀를 내겠다고 마음먹은 듯 보였기 때문이네. 그런데 이제 와 다시 생각해 보니 앞으로 나쁜 짓을 하겠다고 마음먹어서가 아니었네. '가벼워졌다'는 말, 이미 저지른 짓을 두고 한 말이었어. 제 생각과 다른 짓을 저지르고 속으로 굉장히 괴로워했는데 한비자 선생 말을 듣고 죄책감이 사라졌겠지. 그러니 얼마나 홀가분했겠나. 스스로 얼마나 괴로웠으면 '마음이 가벼워졌다'고 하며 얼굴이 활짝 풀렸겠나. 안타깝기는 하지만 셋째 아들이 칼부림에 얽혔다는 자네 어림이 맞는 듯하네."

이렇게 말하고 맹자는 긴 한숨을 내쉬었다. 그 한숨 속에 안타까움이 진하게 묻어났다.

맹자가 이렇게까지 말했으니 전문이 더 말하지 않아도 되었다. 경대부 얼굴은 조금 전에 보였던 노여움이 다 사라지고 깊은 생각에 잠긴 얼굴로 바뀌었다. 경대부 얼굴은 경대부 속마음을 그대로 보여주었다. 경대부는 이미 전문이 한 말이 모두 맞다는 것을 받아들였다.

"세 사람은 몰래 힘을 합치기로 했습니다. 둘째 형은 큰형을 몰아내고 더 큰 이득을 얻으려고, 큰 매형은 제 공에 맞는 자리를 차지하려고, 셋째 형은 그릇된 짓을 일삼는 큰형을 몰아내려는 생각이었습니다. 모두 이루려는 바는 달랐지만 큰형을 없애야 한다는 점에선 뜻이 같았기에 힘을 합쳤습니다. 그리고 서로가 빠져나가지 못하게 가장 믿을 만한 아랫사람을 한 명씩 보내서 큰형을 공격했습니다. 큰형이 공격당하면 둘째 형과 큰 매형이 의심을 받을 수 있기에 둘은 일부러 같은 자리에서 서로를 지켜주는 노릇을 했습니다. 셋째 형은 어차피 아무도 의심하지 않으리라 보았기에 그냥 집에 있었습니다."

전문이 잠깐 말을 멈추었다. 아무도 말을 하지 않았다. 방안은 무거운 숨소리만 가득했다.

"일이 틀어진 뒤, 셋은 어떻게 할까 머리를 굴렸습니다. 그래서 가장 의심을 받을 만한 큰 매형 아래 칼잡이 셋을 멀리 보냈습니다. 그냥 멀리 보낸 게 아니라, 농민들 사이로 보내 농민들이 일어나도록 만들었습니다. 큰형이 농민들에게 못된 짓을 많이 했고, 그 바람에 농민들이 큰 형을 많이 미워한 점을 써먹으려는 속셈이었습니다. 그날 밤에 벌어진 일을 농민들에게 뒤집어씌우고, 농민들이 들고 일어난 일을 통해 큰형이 당한 일을 덮어버리려고 했습니다. 큰 매형은 일부러 농민들을 건드려서 일을 키우려 했습니다. 그 핑계로 군대를 움직이면 모든 일을 농민들에게 덮어씌우기 딱 좋게 되겠지요. 그런데 큰 매형이나 둘째 형 뜻과 다르게 일이 틀어져 버렸지요. 그 일은 어제 저녁에 다들 함께 겪었으니 다시 말씀드리지 않겠습니다. 이제까지 제 생각을 모두 말씀드렸습니다."

전문은 꾸벅 몸을 숙이며 경대부에게 절을 했다.

내 눈은 경대부에게 향했다. 그런데 경대부 얼굴빛이 알 듯 모를 듯 야릇했다. 셋째가 전문 입에 올랐을 때 크게 노여워하던 얼굴은 이미 사라졌고, 처음 말을 들었을 때 내비치던 딱딱함도 없어졌으며, 셋째가 이 일과 뚜렷하게 얽혔다는 점이 드러났을 때 짓던 무거움도 없어졌다. 어떤 면에선 경대부 얼굴이 밝아 보였다.

아들 둘과 사위가 손을 잡고 큰아들을 친 끔찍한 이야기가 드러났는데 밝은 얼굴빛을 내비치다니, 나로서는 도저히 받아들이기 힘들었다. 그러다 경대부 눈빛을 보고는 경대부가 밝은 얼굴빛을 하는 까닭을 어림할 수 있었다. 바로 전문 때문이었다. 전문을 보는 경대부 눈빛은 기특함으로 가득했다. 엄청난 사상가들과 함께 지내며 단 하루도 지나지 않아서 범인을 잡아냈으니 어버이로서 얼마나 놀랍겠는가? 비록 다른 아들과 사위가 못된 짓에 얽혀서 가슴이 아프지만 뛰어난 재주를 지닌 아들을 찾았으니 기쁨이 클 수밖에 없다. 더구나 5월 5일에 태어나서 버리려고 했던 자식이 저런 재주를 지녔으니 더 기쁠 수밖에 없다.

전문은 바로 이렇게 되기를 바랐고, 바라는 대로 만들어 냈다. 전영 경대부는 이제 전문을 제 자식 가운데 가장 믿을 만하고, 뛰어나다고 보게 되었다. 전영 경대부는 나이가 많다. 곧 아들 가운데 한 명에게 이곳 설 땅을 물려주어야 한다. 누구에게 물려줄까? 얼마 전까지는 맏아들이었지만 맏아들은 칼에 맞아 일어나지도 못한다. 맏아들이 쓰러진 뒤에는 둘째 아들, 맏사위, 셋째 아들이 다투었지만, 이제는 전문이 그 세 사람을 누르고 가장 앞자리에 섰다. 전문이 지닌 재주와 베짱을 봤을 때, 앞으로 이 집에서 전문을 넘어설 사람은 없어 보인다.

전문은 전영 뒤를 이어 설 땅을 다스리게 된다. 설 땅을 다스린다는 말은 전문이 제나라에서 임금 바로 다음으로 힘이 센 자리에 오른다는 뜻이다. 생각이 여기에 미치자 내 입에서 나도 모르게 아픈 소리가 새어나왔다.

11
바른 길이란 무엇입니까?

"네가 남다른 재주가 있는 줄은 알았지만 이렇게 뛰어날 줄은 미처 몰랐구나. 오늘 셋을 잃고 하나를 얻었지만, 그 하나가 정말 크구나."

경대부는 웃지는 않았지만 얼마나 기뻐하는지 얼굴에 다 드러났다. 경대부가 말하는 셋은 둘째 아들과 셋째 아들, 그리고 맏사위를 가리킨다.

"너는 여기에 온 지 얼마 되지 않았지만 내 옆에서 심부름을 하며 나를 지켜보았다. 네가 보는 나는 어떠냐?"

경대부는 전문을 보며 물었다.

모든 사람 눈이 전문에게로 쏠렸다. 이럴 때 잘못 말하면 다된 밥에 코 빠뜨리는 일이 된다. 나보다 똑똑한 전문이 그걸 모를 리 없다. 전문은 예의를 갖추면서도 당당하게 제 생각을 밝혔다.

"경대부께서 제나라에서 가장 높은 벼슬자리에 오른 뒤에 세 임금을 모셨습니다. 경대부께서는 제나라를 위해 애를 쓰셨지만 제나라 땅은 한 뼘도 넓어지지 않았습니다. 그러나 경대부께서 다스리는 땅은 늘었고 재산은 이룰 말할 수 없이 많아졌습니다. 경대부께서 백성들에게 많이 베풀기는 하지만, 그것도 옛말이 되어 큰형이 이곳을 다스린 뒤에는 백성들이 경대부님을 옛날만큼 좋아하지도 않습니다. 어제는 그냥 시끄럽게 웅성거리다 일이 끝났지만, 앞으로는 그들이 칼을 들고 일어날 수도 있습니다."

저렇게 말해도 될까 싶을 만큼 전문은 경대부 아픈 곳을 찔러댔다.

"경대부님 집에는 수많은 식객이 있습니다. 그러나 그 많은 식객 가운데 쓸 만한 사람은 찾아보기 힘듭니다. 기껏해야 칼이나 조금 휘두르는 이들만 설치고 다니고, 진짜 재주 있는 이들은 제 재주를 다해 경대부님을 모시지 않습니다. 크게 될 사람 집에는 그만큼 재주꾼이 많아야 하는 법입니다. 재주가 있고, 학문이 뛰어난 선비들이 많이 모여들어야 경대부님 이름이 올라가고, 경대부님이 제나라를 위해 큰일을 할 힘이 생깁니다."

나는 전문이 너무 심하게 말하는 듯해서 걱정을 하는데 경대부 얼굴은 그렇게 보이지 않았다. 경대부는 전문 말을 귀담아 들었다.

"집안에 재산을 쌓아두면 잠깐은 부자가 되지만 백성들 마음을 잃으면 아무리 큰 재산을 쌓았더라도 얼마 지나지 않아 다 잃습니다. 경대부님이 아무리 큰 땅을 다스려도 제나라가 힘을 잃으면 그 큰 땅도 곧 잃게 됩니다. 아무리 뛰어난 사람도 남다른 재주와 지혜를 갖춘 많은 사람보다 뛰어날 수는 없습니다. 경대부님께서는 작은 이익을 얻으려 하지 마시고 마음을 크게 쓰시기 바랍니다."

전문은 말을 마치고 머리를 조아렸다.

경대부는 전문 말을 다 듣고 환하게 웃었다. 경대부는 이미 맏아들이 칼부림을 당한 일이나, 세 사람이 손을 잡고 맏아들을 친 일은 까마득히 잊어버린 듯했다.

"네 말을 듣고 보니 그동안 내가 크게 모자란 짓을 했구나."

그렇게 말하고 경대부는 껄껄껄 웃었다.

"그건 그렇고, 이 일에 얽힌 놈들을 어떻게 하면 좋겠느냐?"

경대부가 전문에게 물었다.

"둘째 형은 돈밖에 모릅니다. 욕심에 끝이 없습니다. 그대로 두면 더 크게 못된 짓을 저지르게 됩니다. 그러니 모든 재산을 빼앗고, 농사를 지으며 몸으로 살게 해야 합니다.

큰 매형은 그동안 세운 공이 있기는 하지만, 사위로서 우리 집 권력을 욕심냈으니 그대로 두어서는 안 됩니다. 감옥에 가두고 크게 벌을 주어야 합니다.

셋째 형은 바른 사람입니다. 바른 뜻으로 이 일을 하였으나 지혜가 모자라 잘못을 저질렀습니다. 그러니 좋은 선생님께 더 많이 배우도록 보내야 합니다. 큰 매형 밑에 있는 세 칼잡이, 둘째 형과 셋째 형이 시켜서 칼을 잡은 이들은 멀리 국경선에 있는 군대로 보내십시오. 이들은 그저 시키는 대로 했을 뿐이기에 심한 벌을 주기보다 그리 함이 나을 듯합니다.”

전문은 이미 생각해 둔 듯이 거리낌 없이 말했다.

“좋다. 네 말대로 하겠다. 앞으로 우리 집안과 설 땅을 다스리는 일은 모두 네 몫이다. 내가 너를 지켜볼 테니 멋지게 다스려 보아라.”

경대부가 한 말을 듣고 화들짝 놀라서 내 눈이 동그랗게 커졌다.

“모자란 저를 믿어주고 맡겨주시니 참으로 고맙습니다. 온 힘을 다해 경대부님 바라시는 일을 해내겠습니다.”

전문은 무릎을 꿇고 큰 절을 했다.

“이제는 경대부라 부르지 말고 아버지라 불러라.”

경대부가 전문을 일으켜 세우며 말했다.

“네. 아버지!”

전영 경대부는 전문 손을 꼭 잡더니 따뜻한 눈으로 전문을 바라보았다.

＊　＊　＊

우리는 며칠 동안 더 머물렀다. 그 며칠 사이에 전문은 바쁘게 움직이며 맡은 일을 해냈다. 전문은 가장 먼저 세금을 내려서 맏아들이 올리기 전으로 세금을 돌려놓았다. 세금이 내려가자 백성들은 전문을 추켜세우며 매우 기뻐했다. 그 다음은 집안에 있는 식객들을 일일이 만나고 다니며 도와달라고 부탁했다. 다들 전문이 예의바르게 말하고 참마음으로 도움을 부탁하자 기꺼이 전문을 돕겠다고 나섰다. 그냥 놀고먹기만 하던 사람들도 제가 지닌 작은 재주라도 전문을 위해 쓰려고 애썼다.

우리가 떠나는 날 전문은 회택정에서 잔치를 열고 마지막으로 사상가들에게 좋은 말씀을 듣기를 바랐다.

"저는 바르게 다스리고 싶습니다. 바른 정치란 무엇이고, 바른 길이란 무었입니까?"

전문이 묻고 사상가들이 답했다.

"옳은 일을 하되 결과를 생각하지 마십시오."

맹자는 전문에게 존댓말을 썼다. 전문이 어리지만 설 땅을 다스리는 자리에 올랐기 때문이다.

"낮은 자리에 있는 사람이나 높은 자리에 있는 사람이나 사람들은 어떤 일을 할 때 결과에 얽매입니다. 결과가 좋기를 바랍니다. 그러나 사람 일이란 결과를 알 수가 없습니다. 미리 헤아리려고 아무리 애를 써도 결과를 알 수 있는 사람은 없습니다. 사람들은 시간이 지난 뒤에 결과를 두고 이러쿵저러쿵 말이 많지만, 이는 다 쓸 데 없는 짓입니다. 일이 되고 안 되고는 하늘에 달린 일이니 사람은 그저 제 할 노릇을 다해야 합니다. 그래서 오직 옳은 일을 하면 됩니다."

맹자는 늘 옳음(의義)을 말한다. 수없이 많은 이야기를 하지만 맹자 말은 모두 옳음으로 모아진다.

"옳은 정치는 백성과 함께하는 정치입니다. 백성이 바라는 바를 헤아리고, 백성이 느끼는 아픔을 느끼고, 백성이 가려운 곳을 긁어주고, 백성과 함께 기뻐하고, 백성과 더불어 걸어가는 정치, 그런 정치가 바로 왕도정치(王道政治)입니다. 마음 가운데 백성을 두십시오."

마음 가운데 백성을 두라는 말이 큰 울림으로 다가왔다.

"하늘님은 말이 없습니다. 하늘님은 오로지 몸짓과 일로 그 뜻을 보여줍니다. 하늘님은 백성이 보는 눈으로 보고, 우리 백성이 듣는 귀로 듣습니다. 백성 마음이 하늘님 마음입니다. 백성이 하는 말이 하늘님이 하는 말입니다. 백성이 하늘님이고 하늘님이 백성입니다. 백성이 임금보다 귀하고, 백성이 나라보다 귀합니다. 그러니 오직 백성만 생각하십시오."

전문은 조금도 흐트러지지 않는 자세로 맹자가 하는 말을 귀담아 들었다.

"일이 이루어지면 백성과 함께 기뻐하십시오. 백성을 위하는 내 마음을 백성이 몰라주어도 서운해 하지 마십시오. 때를 만나

사람들이 알아주면 함께 더불어 걷고, 때가 엇나가 모든 사람들이 몰라주면 홀로 당당하게 제 길을 가면 그만입니다. 오직 바른 길을 가는 사람, 그런 사람이 대장부입니다. 대장부가 되어 바른 길을 걸으십시오. 제가 드리고 싶은 말은 오직 이뿐입니다."

맹자 말이 끝나자 전문은 무릎을 꿇고 절을 올렸다.

"크신 가르침 귀하게 받들겠습니다."

맹자는 전문을 보며 흐뭇하게 웃었다.

맹자 말이 끝나자 순자가 뒤를 이었다.

"맹자 선생께서 말씀하신 백성을 마음 가운데에 두라는 말, 참으로 귀합니다. 옛말에 '임금은 배요, 백성은 물'이라고 했습니다. 높은 자리에 있는 사람은 제가 대단해서 높은 자리에 있는 줄 알지만, 그 아래 수많은 사람이 떠받쳐주지 않으면 높은 자리도 없습니다. 아래에 있는 수많은 사람이 바로 배를 띄우는 물입니다. 그러니 물을 잊고 제 잘난 줄만 알면 반드시 물이 배를 뒤엎어 버리게 됩니다. 이를 잊지 마십시오."

맹자와 순자는 백성을 가운데 두라는 점에서는 같았다. 그러나 곧 이어서 나온 순자 말은 맹자와 빛깔이 달랐다.

"맹자 선생께서는 바른 마음이 우선이라고 했습니다. 저도 그리 생각합니다. 그러나 사람이 살아가는데 바른 마음으로만 뜻을 이룰 수는 없습니다. 맹자께서는 일이 어찌 될지는 생각지 말고 바른 길을 가라고 했는데, 저는 일을 이루는 길을 제대로 고를 줄 아는 지혜를 꼭 갖추어야 한다고 봅니다."

전문은 예의바른 자세로 순자 말을 귀담아 들었다.

"사람은 욕심을 지닌 채 태어납니다. 몇몇 거룩한 이들을 빼놓고는 죽을 때까지 욕심을 버리지 못합니다. 사람은 욕심을 채우려고 이런 저런 일을 벌입니다. 저마다 욕심을 채우려고 다투면 사회는 엉망이 됩니다. 따라서 욕심을 다스려야 합니다. 욕심은 억지로 누른다고 사라지지 않습니다. 그렇다고 욕심을 끝까지 채워 줄 수도 없습니다. 욕심은 채워주되 지나치지 않게 해야 합니다. 욕심을 채워주려면 물건이 넉넉해야 합니다. 욕심이 지나치지 않게 하려면 사람들이 예(禮)를 알아야 합니다."

순자는 욕심을 바라보는 눈이 맹자와 참 달랐다. 맹자는 욕심을 멀리하고 욕심을 이겨내라고 하지만, 순자는 욕심을 있는 그대로 보고 이를 알맞게 다루라고 하였다.

"사람들이 일을 부지런히 해서 물건이 사회에 넉넉해지도록 힘 쓰십시오. 부지런히 일을 하게 만들려면 일한 만큼 얻게 해야 합니다. 내가 한 해 동안 부지런히 농사를 지었는데 세금으로 모조리 빼앗긴다면 그 어떤 농부가 부지런히 일하고 싶겠습니까? 내가 부지런히 물건을 만들었는데 팔리지 않는다면 누가 부지런히 물건을 만들겠습니까? 그러니 애쓴 만큼 이익을 보게 하고, 물건을 만들었으면 잘 팔리도록 제도를 다듬어야 합니다."

욕심을 누르지 말고 채우라는 말이 꽤나 그럴 듯했다.

"거기서 멈추면 안 됩니다. 사람 욕심이 끝없이 커지게 내버려 두면 아무리 물건이 넘쳐도 모자랍니다. 사람들이 너도나도 더 많이 갖겠다고 나서면 다툼이 생깁니다. 아무도 욕심을 끝까지 모조리 채울 수는 없습니다. 욕심을 다스려야 합니다. 욕심은 예(禮)로 다스려야 합니다. 내가 더 가지고 싶더라도 남을 챙기는 예(禮), 서로 더 갖고 싶더라도 알맞게 나눠 갖는 예(禮), 내 마음대로 하고 싶어도 내 욕심을 누를 줄 아는 예(禮), 이런 예(禮)가 바로 서면 사람들은 저절로 기쁘고 즐겁게 살아가게 됩니다."

"올바른 예(禮)를 백성들이 알게 하려면 어떻게 해야 합니까?"

전문이 물었다.

"올바른 예(禮)를 바로 세운 뒤엔 잘 가르쳐야 합니다. 어릴 때부터 잘 가르치고 몸에 배게 해야 합니다. 한시도 예를 잊지 않도록 끊임없이 백성들에게 알려야 합니다. 예(禮)란 하루아침에 이루어지지 않으므로 어린이부터 늙은이까지 끊임없이 배우고 익히도록 해야 합니다. 풍습이 무너지면 사회도 무너집니다. 바른 풍습이 자리 잡도록 늘 애써야 합니다. 무엇보다도 윗사람들이 예(禮)를 지켜 아랫사람들이 저절로 따르게 해야 합니다. 윗사람은 예(禮)를 지키지 않으면서 아랫사람만 예(禮)를 지키게 하면 아랫사람들이 윗사람을 비웃게 되고, 마침내 예(禮)가 무너지고 나라고 어지러워집니다."

전문이 고개를 끄덕였다.

"사람들 욕심을 잘 다루면 바른 정치는 저절로 됩니다."

순자 말이 끝나자 이번에도 전문은 무릎을 꿇고 절을 올렸다.

이제 마지막으로 한비자가 말할 차례였다.

"맹자 선생님께서는 바른 마음을 말씀하시는데 바른 마음으로 도대체 무엇을 할 수 있겠습니까? 제가 이야기 하나를 들려드리지요. 송나라와 초나라 군대가 전쟁을 할 때 벌어진 일입니다. 송나라를 다스리는 양공이 군대를 이끌고 강가에 먼저 자리를 잡았습니다. 초나라 군대는 어지럽게 움직이며 강을 건넜습니다. 그때 송나라 군대가 초나라 군대를 치면 크게 이길 수 있었습니다. 그런데 양공은 '초나라 군대가 강을 건너지도 않았는데 치는 일은 옳지 못하다'고 하면서 기다렸습니다. 양공은 초나라 군대가 강을 다 건너오고, 싸울 준비를 마친 뒤에야 전투를 벌입니다. 결과는 뻔하지요. 송나라는 졌고 양공은 며칠 뒤에 죽었습니다. 이처럼 맹자 선생이 말하는 바른 마음이란 오늘날처럼 서로 다투고 이기려고 드는 사회에서는 아무짝에도 쓸모가 없습니다."

한비자는 맹자를 거침없이 쏘아붙였다.

뒤이어 한비자는 순자를 향해 비판을 쏟아냈다.

"저도 순자 선생님 말씀처럼 사람들 욕심을 잘 다루어야 한다고 봅니다. 그러나 사람이 지닌 욕심은 예(禮)로 어떻게 할 수 없습니다. 사람 본바탕이 욕심이 가득한데, 어찌 예(禮)로만 욕심을 다스릴 수 있겠습니까? 개가 호랑이에게 벌벌 떠는 까닭은 호랑이가 이빨과 발톱을 지녔기 때문입니다. 만일 호랑이에게 날카로운 이빨과 발톱이 없다면 그 어떤 개가 호랑이를 두려워하겠습니까? 사람들 욕심을 제대로 다스리려면 예(禮)가 아니라 법(法)을 제대로 세워야 합니다. 예(禮)는 지켜도 그만, 안 지켜도 그만입니다. 왜냐하면 예(禮)를 어긴다고 해서 벌을 받지는 않기 때문입니다. 나쁜 놈이라고 사람들 입에 오르내리기는 하겠지만 그때뿐입니다. 제 욕심이 걸렸는데 사람들이 나쁜 놈이라고 하든 말든 누가 마음을 쓰겠습니까? 그러나 욕심을 함부로 부리면 벌을 받는다고 한다면 누가 욕심을 함부로 부리겠습니까? 나쁜 짓을 하면 벌을 받고 좋은 일을 하면 상을 받는다면 누가 좋은 일을 하지 않겠습니까? 물건을 엉망으로 만들면 벌을 받고 좋은 물건을 만들면 상을 받는다면 누가 좋은 물건을 만들지 않겠습니까? 세금을 안 바치면 벌을 받고 꼬박꼬박 받치면 상을 받는다면 누가 세금을 꼬박꼬박 바치지 않겠습니까?”

한비자 말은 거침이 없었다.

“사람은 이로운 쪽으로는 다가가려 하고, 해로운 쪽은 피하려 합니다. 사람은 즐거운 일은 하려 하고, 괴로운 일은 피하려 합니다. 이는 본바탕이므로 어떻게 안 됩니다. 그러니 법을 바로 세워야만 사람들이 제몫에 맞게 일하고, 사람들이 제몫에 맞게 일하면 나라가 힘이 세지고, 나라가 힘이 세지면 쪼개져 다투는 이 모든 나라를 하나로 합쳐, 통일된 큰 나라를 이룩할 수 있습니다.”

한비자는 잠깐 숨을 가다듬으며 사람들을 둘러보았다.

"법을 바로 세워 센 나라를 만드십시오. 그것이 가장 백성을 위하는 길이요, 바른 정치입니다."

한비자가 말을 마치자 전문은 순자, 맹자에게 했듯이 무릎을 꿇고 절을 하였다.

"법을 바로 세우는 일과 더불어 정치를 하는 이는 꾀를 잘 써야 하는데, 전문께서는 이미 꾀를 쓰는데 놀라운 재주가 있는 듯하니, 이에 대해서는 더 말하지 않겠습니다."

"꾀는 참마음을 이기지 못하네."

맹자 목소리엔 언짢음이 가득 묻어났다.

"억지로 하게 하면 언젠가는 엇나가기 마련이지."

순자도 마찬가지로 언짢은 말투로 말했다.

시간이 있었다면 또다시 뜨거운 토론이 벌어질 분위기였다. 그러나 토론이 벌어지진 않았다. 이제 떠나야 할 시간이 되었기 때문이다.

나는 세 분 사상가들을 모시고 직하로 떠났다. 우리가 가는 길에는 전영 경대부 셋째 아들도 함께 했다. 셋째 아들은 맹자를 스승으로 모시고 배우겠다며 따라 나섰다. 전문은 설 땅이 끝나는 곳까지 따라와서 세 사상가를 배웅했다.

* * *

내가 직하를 떠난 뒤 전문이 어떻게 됐는지 짤막하게 알려주고 싶다. 전문은 많은 사람들을 제 밑으로 끌어들였다. 사람들은 다들 전문을 좋아했다. 경대부는 전문을 아주 좋아했고, 마침내 전문에게 제 자리를 다 물려주었다. 그리고 경대부가 죽은 뒤 '정곽군(靖郭君)'이라고 불렸고, 전문이 정곽군 뒤를 이었는데 이가 곧 '맹상군(孟嘗君)'이다. 맹상군은 제나라를 위해 큰일을 아주 많이 해서 뒷날까지 그 이름을 크게 날렸다.

나는 직하로 와서 잠깐 머물다 전문 밑으로 갔다. 전문은 나를 벗처럼 따뜻하게 대했다. 나 덕분에 그 자리에 올랐다면서 몹시 고마워했다. 나는 전문과 더불어 10년을 보냈다. 10년 뒤 어머니가 돌아가셨고, 나는 오랫동안 내가 바라던 꿈을 이루기로 했다. 내 마음엔 늘 장자가 했던 말이 꿈틀거렸다. 나는 바람이 되고 싶었다. 어머니 장례를 치른 뒤, 나는 오랫동안 꿈꿔왔던 대로 바람이 되어 떠났다. 장자처럼~!

어느날 찾아온 스승

삶이 갑갑할 때였습니다. 어떻게 살아야 할지, 무엇이 옳은지, 왜 사는지 까닭모를 외로움에 사로잡혔을 때였습니다. 집 밖으로 나서는데 달은 밝고, 둘레는 풀벌레로 시끄러웠지요. 하염없이 걷다가 친구네 집에 이르렀습니다. 친구네 집에 들어가서 차 한 잔을 얻어 마시고, 낡은 책이 가득한 책꽂이를 뒤지다 손이 가는 대로 책 한 권을 꺼냈습니다. 아주 낡고 오래된 책이었습니다. 한자와 한글이 뒤섞인 책 겉엔 장자(莊子)란 검은 글씨가 보였습니다. 책을 열었더니 오래된 책에서 나는 냄새가 코끝을 간질였습니다.

처음엔 그냥 별 생각 없이 읽었습니다.

'북명에 곤이라는 물고기 있는데, 곤은 크기가 몇 천 리인지 알 수 없다.……'

우리나라 땅 길이를 '삼천리'라 하는데 물고기 크기가 몇 천 리라니, 처음엔 뭐 이런 뻥이 있나 하며 웃었습니다. 그러나 읽을수록 그냥 헛된 이야기가 아님을 알게 됐고, 엄청나게 큰 가르침이 담겨 있음을 알았습니다. 그 가르침이 마음을 울렸습니다. 갑갑하던 가슴을 뚫어주었습니다. 그 자리에서 처음부터 끝까지 읽었습니다. 새벽녘에 돼서야 책을 덮었습니다. 저는 그 밤에 장자를 만났습니다. '장자라는 책'이 아니라 '장자라는 사람'을 만났습니다.

장자는 많은 사람들이 별 볼 일 없다고 여기는 사람을 가장 큰 사람으로 여깁니다. 그때 당시 가장 낮은 신분이었던 백정, 장인, 농부, 장애인인 사람을 으뜸을 추켜세웁니다. 여자를 개·돼지처럼 여기던 때에 여자를 섬기는 남자를 멋진 사람으로 추어올립니다. 장자는 백정이 임금을 나무라고, 농부가 학자를 비웃는 이야기를 곳곳에 펼쳐놓습니다. 사람들이 크고 옳다고 믿는 바를 부서 버립니다. 위와 아래를 뒤집어 버립니다. 그러고서는 시골 길을 느릿느릿 걸으며 한가한 웃음을 짓는 소요유逍遙遊를 즐깁니다. 뭇 목숨과 하나가 되어 나를 잊습니다. 그러면 된다고, 그런 삶이 가장 기쁘다고 말합니다.

장자를 만나고 나서 제 눈이 열렸습니다. 갑갑함이 사라졌습니다. 새벽하늘이 밝아올 때 제 마음에도 환한 빛이 찾아왔습니다. 두근거림이 잦아들지 않았습니다. 치솟는 기쁨을 그대로 두기엔 정말 아까웠습니다. 그래서 제 마음이 가는 대로 글을 썼습니다. 손이 가는 대로 사흘 동안 멈추지 않고 글을 썼고, 그 글은 『철학 콘서트, 장자』(행복한나무, 박기복)란 책이 되어 세상에 나왔습니다. 장자를 만난 뒤부터 저는 장자를 닮으려고 합니다. 삶이 힘들고 지칠 때, 길을 잃은 느낌이 들 때 다시 장자를 집습니다. 제겐 장자가 오랜 스승입니다.

삶이 막막한가요? 어떻게 살아야 할지 갑갑한가요? 그러면 여러분도 고전을 읽기 바랍니다. 그 책이 꼭 장자나 맹자는 아니어도 됩니다. 마음 깊이 바란다면 여러분 삶에 딱 맞는 책이 알아서 다가오리라 믿습니다. 가르침에 목마르다면 스승은 저절로 찾아오기 마련입니다. 모든 일은 때맞춰 일어나니까요.

時雨

*시우(時雨)는 때맞춰 알맞게 내리는 비를 말합니다.

동양고전 철학자들,
셜록 홈즈가 되다